Danse avec la mer

Collection dirigée par
Régis DELPEUCH

ISBN 2-84117-031-4 - ISSN 1257-9041

Yves HEURTÉ

Danse avec la mer

Illustrations de
Christian LOUIS

SEDRAP

Yves HEURTÉ est d'une famille de marins, mais il a été trente-sept ans médecin en montagne, dans les Pyrénées, où il vit toujours. Il a souvent traîné ses pénates en Europe comme dans les déserts et les montagnes d'Asie.

Mais son grand voyage imaginaire est l'écriture : une vingtaine de livres en tous genres : des romans (Gallimard, Le Seuil), du théâtre (joué en France et à l'étranger), des poèmes (Sud, Rougerie), des livrets d'opéra, des chansons, etc. Il est également auteur de médias et de multimédias.

Il a écrit pour les adultes et pour la jeunesse dans tous ces genres. Entre autres prix littéraires, il a obtenu le 13/18 à Montréal (Canada), le 13/18 du Salon de Brive, le prix « Lire au collège », celui de « l'Aventure » à Limoges, des prix pour des essais et des nouvelles.

Après tous ces voyages à pied et « en plume », il court toujours… quand il ne navigue pas sur « Danse avec la mer » !

Christian LOUIS est né en 1957 à Saint-Gaudens (Haute-Garonne).

Passionné de dessin, il passe ses vacances à inventer des histoires en bande dessinée.

Études à l'École Normale de Foix, à l'université de Paris I (maîtrise d'Arts Plastiques), à l'école des Beaux Arts de Perpignan (Diplôme National Supérieur d'Expression Plastique Option Art).

Il s'engage dans une création personnelle intégrant la peinture, la sculpture. Il expose en France et à l'étranger (Canada, Italie, Espagne, Portugal…).
Il publie des ouvrages en rapport avec ses œuvres « Tickets, billets, étiquettes », « Picto… drame », « Lieux d'Écriture », etc.

Il crée des œuvres monumentales, en particulier pour Amnesty International, avec la sculpture interactive Archétype Agora à Montégut Plantaurel (09).

La rencontre avec l'éditeur SEDRAP lui permet de diffuser largement ses recherches pédagogiques dans son ouvrage « Place des Artistes ».

Avec l'illustration, il s'offre une plongée délicieuse dans les plaisirs de l'enfance, quand le crayon fait naître des univers…

À mon petit-fils Étienne,

en souvenir du temps où il ne marchait
en montagne que si je lui racontais
… une histoire de baleine!

1

Mob et Maud

Chapitre 1

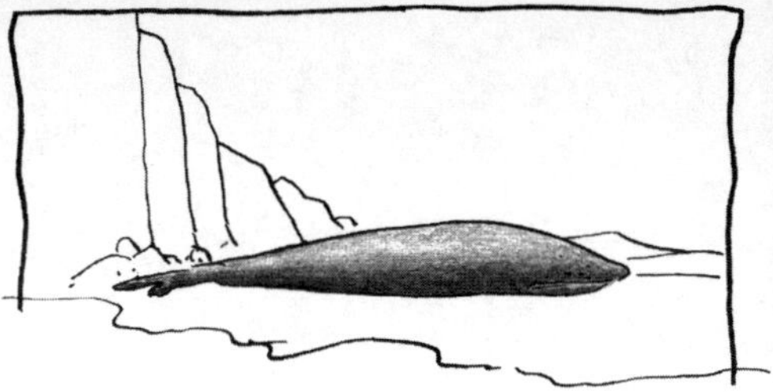

C'était la fin de l'automne et j'écoutais la mer. Celle du Nord, du grand Nord. La sauvage, la brumeuse, la mer pleine d'histoires et de vaisseaux fantômes. Celle d'Islande qui, de temps en temps, se paye un volcan comme une bouillotte chaude.

Je logeais sous le toit d'une auberge de marins aux volets bleus et aux murs de bois rouge, juste au bord d'une plage aux galets noirs. Je regardais passer les grands voiliers de nuit, espérant que le ciel me ferait enfin cadeau d'une aurore boréale, frisson de soie jetée sur l'épaule de l'horizon.

J'entendis claquer le portail de bois. Un gamin, dont le nom était Peterson, s'égosillait comme s'il avait crié dans le tonneau de vigie d'un baleinier :

- Baleine ! Baleine !

Je me penchai :

- Où vois-tu une baleine ?

- Sur la plage ! Elle est encore vivante !

Je dégringolai l'escalier, sans même me chausser, pour jouir plus vite de l'événement.

Je n'avais jamais vu un tel animal de près, et dans ce port minuscule de la côte est, on n'est guère gâté par les nouveautés. Húsavik est un lieu rêvé pour écrire ou s'ennuyer énormément.

Le gigantesque animal s'était échoué au plein de la marée. Sa queue battait encore faiblement les vagues. Les marins qui l'entouraient déjà le contemplaient en faisant la moue, comme on inspecte chez le boucher un quartier de viande douteux.

- Ces bêtes-là, on ne sait jamais pourquoi elles viennent s'échouer.

- Elle doit être malade ?

- On ne sait jamais pourquoi. C'est tout. Mais si elle crève ici, elle va empester le pays à dix lieues à la ronde, peut-être même nous pourrir la mer.

Ils discutèrent longuement, accroupis autour de la bête et tirant sur leurs pipes, jusqu'à ce que leurs femmes viennent leur rappeler qu'une baleine, c'est bien joli, mais que leur soupe serait froide.

Je restai donc seul, vaguement inquiet, à tenir compagnie au monstre. Je l'aurais été mille fois plus si j'avais su ce qui m'attendait !

Comme les plages de galets d'Islande sont des sièges peu confortables, j'avais pris l'habitude de toujours transporter sous mon bras un petit banc bien rembourré, fabriqué tout spécialement à mon intention par le menuisier du coin. Je m'installai donc sur son velours bleu, comme au théâtre, pour assister à la fin de la baleine.

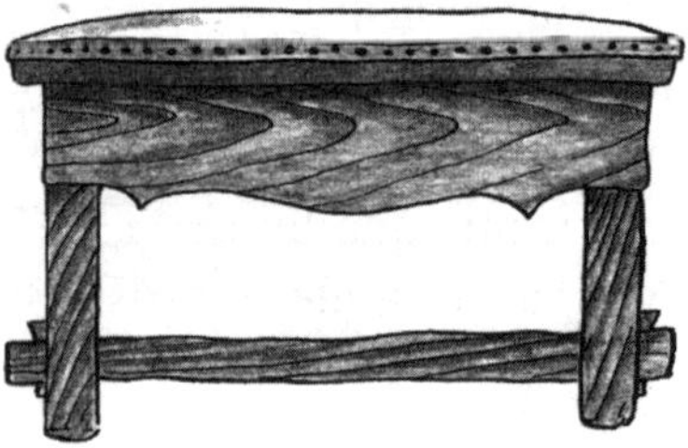

Comme tous les soirs au coucher du soleil, le vent du nord vint à fraîchir et la mer se mit à grossir. Les lames poussaient l'animal de plus en plus loin sur les galets sans que la bête fasse le moindre effort pour leur échapper. Était-elle épuisée ou malade? Ne sachant rien de ces monstres, j'étais bien incapable de le dire.

Sa masse sentait la graisse rance. Elle me faisait penser à ces énormes troncs d'arbres qui défoncent les navires au large. Une tempête finit toujours par les jeter à terre, traînant des monceaux d'algues et des légions de crabes. Sa peau épaisse craquelait. Les coquillages s'étaient tellement incrustés dans ses plis que ni poissons ni oiseaux n'avaient pu les en arracher.

Au bout d'une longue heure, j'étais trempé et je grelottais. La baleine ne bougeait plus et respirait à peine. Elle était près de sa mort. Je me levai pour en faire le tour.

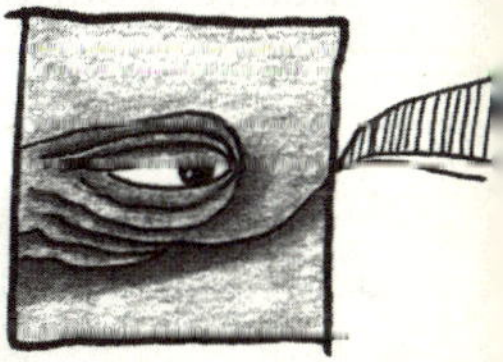

Je mis longtemps à découvrir l'œil du monstre, petite bille mobile sur son énorme tête. Comme je le regardais, soudain, je sentis que lui aussi m'observait avec toute la tristesse de l'océan glacé.

Me prit l'idée stupide de répondre à ce regard, mais comment faire ? On ne caresse pas cette montagne de chair comme un chien ou comme un cheval ! N'est-il pas idiot d'adresser la parole à une baleine en train de crever sur une côte d'Islande ?

Eh bien, quand cet idiot-là - moi-même - se mit à parler doucement, il comprit que sa baleine l'écoutait. Elle tenta même de se retourner vers lui. Peut-être voulait-elle m'écraser ? Quelle panique ! Mes pieds nus ne sentirent pas les oursins !

J'allais quitter la plage quand je m'arrêtai net. Cette fois, j'étais vraiment devenu fou. De partout, je m'entendais interpeller. Les vagues, le ciel, les arbres maigres de l'auberge s'adressaient à moi, puis ils recommençaient à discuter entre eux de choses qui semblaient les intéresser.

Pour remettre de l'ordre dans mes esprits, je m'assis sur un petit mur et criai à tout ce monde de bien vouloir se taire. Mais voilà que je ne reconnaissais plus mes mots, mes propres mots ! Je les comprenais certes, mais ce n'était plus la langue de mes pères. Ils n'étaient plus ni anglais ni français mais d'une langue totalement étrange et étrangère.

J'allais quand même passer la porte de l'auberge lorsque du fond de la plage, une voix grave, profonde et rauque comme le souffle d'une déferlante au fond d'une grotte m'apostropha :

- Viens ! Viens ! disait-elle.

Je revins craintivement vers la baleine, attendant un nouveau signe. En vain. J'allais repartir, cette fois bien dans mon assiette, quand l'œil du monstre pivota vers moi et la même voix reprit :

- Je suis Mob.

Je m'entendis répondre, dans la même langue que la baleine :

- Et moi, Jonas.

C'était faux, bien sûr. Mon vrai nom est Hurt. Mais je pensais mettre Mob en confiance en reprenant le nom de ce Jonas qui le premier fit, dit-on, une causette avec Dieu, par baleine interposée. Sans doute leur langue était-elle la même que sans l'avoir apprise, je parlais maintenant ?

- Que fais-tu ? gronda Mob.

Que répondre ? Mais pourquoi pas la vérité ?

- Je passe mon temps à écrire des histoires dans l'auberge, là-haut. Comprends-tu ?

- Non. Des histoires d'hommes ?

- Sans doute…

- De pêche à la baleine ?

- Non. Et toi, que fais-tu ?
- Je pense à la petite Maud. Tu comprends ?
- Non.

La queue de Mob balaya les galets et me fit prendre un bain dans une flaque. Peut-être était-elle heureuse que je me nomme Jonas ? Peut-être était-elle furieuse que j'ignore Maud ?

Elle fit un nouvel effort pour se retourner mais son poids, qui n'était plus soutenu par l'eau, l'écrasait.

- Vas-t-en, dit-elle. Mais promets-moi de revenir quand la lune sera haute. J'ai grand besoin de toi.

- Si tu veux, je peux rester te tenir compagnie.

- Reviens pour la lune haute. Maintenant, c'est trop tôt.

Comme je remontais dans ma chambre, mon aubergiste, une brave femme un peu rude, me fit un clin d'œil :

- Alors, le monsieur qui écrit toujours, on aime les baleines ? Conseil de veuve d'un marin qui les connaissait bien : méfiance ! Ce sont les monstres du diable. Par les nuits de pleine lune…

Et j'entendis son bon gros rire m'accompagner jusqu'à ce que, de rage, je claquasse ma porte à toute volée.

J'allumai ma lampe à pétrole et me jetai sur mon lit. La pensée que le petit œil de Mob surveillait la lueur de ma fenêtre me donna la chair de poule. Il était plus que temps de remettre de l'ordre dans mes esprits. J'éteignis ma lampe et fis le serment solennel que jamais je ne reviendrais sur cette plage tant que le monstre y serait.

Pour finir de me rassurer, je me dis que je n'avais pas bu, que je ne me sentais nullement malade dans ma tête mais qu'après tout, n'importe quel humain peut un jour ou l'autre rêver en se croyant éveillé. D'ailleurs, à peine rentré dans ma chambre, toutes les voix se turent.

Je me criai : « Vieil imbécile ! » et je fus tout heureux de me l'entendre dire dans la bonne et belle langue des Vikings.

Un bon petit coup d'air frais et mes fantasmes allaient se dissoudre à jamais. J'ouvris ma fenêtre et une grande bouffée d'air du large me bouscula. C'est vrai qu'il y avait encore une baleine sur la plage, mais ce sont des choses qui peuvent arriver dans le grand Nord, comme chacun sait.

Mais ce qui arrive moins souvent, c'est d'entendre les oiseaux de mer tourner autour de la fameuse baleine en criant :

- Qui es-tu ? Qui es-tu ?

Puis une grosse vague s'écrasait sur le rivage en grondant :

- Laissez-la en paix !

Comme elle se retirait, la lame grogna encore, mais plus doucement :

- En paix… en paix… en paix…

Pour comble, la lune jaillit dans un trou de brumes et elle était pleine. Dieu merci, elle au moins ne me disait rien, mais je trouvais qu'elle me fixait avec curiosité.

Je rallumai donc ma lanterne et, adieu serments, j'enfilai une veste chaude pour redescendre sur la plage. Je glissai, avant de sortir, un couteau dans ma botte. J'en ris encore ! Imaginez ce qu'aurait pu ce minable taille-crayon contre le cuir du monstre !

J'étais à peine devant Mob qu'elle articula :

- Monte à sa place.

- Quelle place ?

- Mais celle de Maud !

- Je ne connais ni Maud, ni sa place.

- Sur mon dos, bien sûr !

- Tu pourrais au moins me dire qui était cette Maud.

- Je n'en sais rien. J'attends que tu me le dises, toi qui comprends bien les hommes.

Monter sur le dos d'une baleine, au clair de lune, n'est pas une mince affaire, surtout quand on en meurt de peur !

J'avais beaucoup plus envie de prendre mes jambes à mon cou que de me faire la courte échelle en me hissant sur un tas de galets. D'autant qu'à chaque respiration du monstre, car ils respirent comme nous, j'étais balancé d'un côté, puis de l'autre, et rien pour m'agripper là-haut ! Comme si ce n'était pas assez de risquer de me casser une jambe en dégringolant de ce siège instable, en plus, on me demandait d'écrire une histoire !

Mais je n'aime pas que quiconque, même une baleine, se moque de moi. Et voilà comment, par une nuit de crachin, juché sur le dos râpeux d'un énorme animal à moitié mort, et tandis que tout Húsavik dormait, je me mis à traduire dans notre langue ordinaire l'histoire extraordinaire de la petite Maud.

Tandis que Mob parlait, de sa voix grave, mais beaucoup plus rapide que je ne l'aurais jamais pensé, moi j'écrivais à toute allure, à m'en user les doigts tellement je ne voulais pas en perdre un mot.

La lune s'enfuit bientôt et ma lanterne rendit

l'âme. Je ne vous dirai pas par quel miracle je réussis à redescendre de mon perchoir sans me rompre le cou. Je dus remonter en cachette voler du pétrole sans rencontrer, Dieu merci, mon aubergiste. Elle aurait pensé que ma bêtise lui coûtait cher en éclairage !

Si j'avais eu tant soit peu de raison, j'aurais saisi l'occasion pour rester dans ma chambre et abandonner l'autre avec le reste de son histoire, mais je l'avais prise en pitié.

Allons ! Sois donc honnête ! Je grillais surtout d'envie de savoir la suite !

Et me voilà escaladant à nouveau le gros dos de mon cétacé, tellement inconfortable que trois fois au moins je me souviens de l'avoir quitté pour me dégourdir en courant le long du rivage.

Jamais je n'aurais pensé que les vagues puissent être aussi cancanières. De vraies concierges de l'océan ! J'espérais qu'elles allaient me dire pourquoi Mob s'était échouée là, et d'où elle venait. Mais rien que des bavardages et pas la moindre confidence. Elles parlaient à perte de vue de ports lointains, de brisants, de naufrages et de poissons volants. Bref, silence complet sur ce qui aurait pu m'intéresser au sujet de mon aventure avec Mob. Mais peut-être étaient-elles seulement jalouses de voir un écrivain s'occuper d'une vieille baleine et les délaisser, elles qui sont perpétuellement jeunes et n'arrêtent pas de faire le tour du monde.

Quand Mob estimait que ma récréation traînait en longueur, d'un vigoureux coup de queue elle m'aspergeait de sable pour me rappeler à l'ordre et à mes écritures.

Je me le tenais pour dit et une seule fois, épuisé, je m'endormis sur son dos et me retrouvai les quatre fers en l'air sur la plage, au milieu de mes feuilles que le vent dispersait. Tout mon travail aurait été perdu si le vent lui-même ne s'était chargé de me faire retrouver mes chers feuillets.

- Ici… là… plus loin…, disait la brise.

Désormais, j'avais cessé de m'étonner. On me parlait ? Je répondais. Quand la langue est la même, on s'entend toujours, même avec les poissons et les crabes. Mais il faut dire que ça n'arrive pas si souvent…

Mais assez parlé de moi, de ma petite histoire et de ses modestes incidents. Vous attendez celle de Maud, infiniment plus extraordinaire, n'est-ce pas ?

Chapitre 2

Mob me dit :

- D'abord, tu dois tout savoir sur moi et sur Chiwi, sinon, tu ne comprendrais rien à l'histoire. Elle reprit une grande inspiration, poussa un grand jet de vapeur et poursuivit :

« Je suis une vieille baleine solitaire. J'ai eu quatre baleineaux, un tous les trois ans. Ils ont tous été pêchés sous mes yeux par des harponneurs. Tous, je les ai vus lutter jusqu'à perdre leurs forces, souffler du sang, se retourner et mourir. Je suis partie avant l'horreur du découpage.

C'est dire si j'ai la haine des marins et de leurs machines de mort. C'est te dire aussi les efforts que je dois faire pour te parler, à toi, un de ces maudits hommes. Mais si je veux que mon histoire aille chez vous, qu'elle y soit entendue, il

faut que je passe par toi. Vers qui je veux qu'elle aille à travers toi ? Tu le sauras plus tard. La baleine est si lente, lente même pour mourir. J'espère qu'il me restera assez de temps pour tout te raconter.

Si tu m'écoutes jusqu'à la fin et si tu me promets de dire partout mon histoire, je te pardonnerai. Mais à toi seul. Depuis que vous faites des baleiniers, je vis seule et j'erre sur toutes les mers du monde, loin des routes des navires. Quand le hasard en mène un à ma portée, je lui souhaite la tempête et le naufrage, pour que tous ses matelots descendent lentement vers les abîmes sans lumière où les poissons les mangeront, comme ces maudits hommes ont fait de mes petits.

Depuis que je tourne autour des pôles et des tropiques, la seule compagnie que je supporte encore est celle des oiseaux.

Voici donc le moment de te parler de l'un d'eux, un nommé Chiwi. Ce petit fainéant, même pas beau ni jeune, s'est posé un jour sur mon dos, comme font tant de mouettes, mais il a décidé de s'y installer, sans ma permission bien entendu. Depuis

combien de saisons, je ne sais plus.

Quand je plongeais pour pêcher, je me disais :

- Il ne va pas te retrouver, foi de baleine !

Et foi de baleine j'avais à peine fait surface qu'il était là-haut, planté sur ses pattes, à jacasser nuit et jour. Quand il se lance dans ses histoires, il devient insupportable. Il me casse ma grosse caboche. Il veut me faire croire qu'il est allé partout, qu'il a tout vu, tout entendu, et que c'est lui, Chiwi, et lui seul, qui fait tourner la terre. Bref, il m'assomme. Heureusement, je suis un peu sourde et j'ai bon sommeil. Le jour, quand j'en ai assez, doucement, doucement, je me laisse enfoncer dans l'eau, jusqu'à ce qu'elle bouche les trous par lesquels j'entends. Dans le silence de la mer, je me réjouis à la pensée que cet emplumé, là-haut, les pattes au sec, continue à radoter pour lui seul.

C'est terrible, Jonas, d'avoir des amis insupportables, mais c'est pire encore de ne pas supporter qu'ils s'en aillent. Je veux bien être une grosse et vieille baleine solitaire à condition d'être solitaire avec quelqu'un.

Chiwi et moi, on avait fini par s'habituer l'un à l'autre. Il m'accusait de ronfler la nuit et de pousser des soupirs de cachalot, moi je lui reprochais ses histoires d'oiseau sans queue ni tête. Je lui permettais d'avoir les pattes au sec, lui me faisait passer un peu de mon ennui. J'avais de plus en plus besoin de lui, en devenant, avec l'âge, un peu plus sourde et myope chaque année. Surtout depuis que Maud… »

Une toux rauque a coupé le discours de Mob.

- « Mais je parle de moi et toujours de moi alors que j'ai juste le temps de te raconter l'histoire avant de mourir ici. Oui ! Ici ! Sur cette plage de rien du tout, après avoir croisé dans toutes les mers du monde ! Mais arrête de te plaindre, Mob. Les baleines ne savent même pas pleurer. Pourquoi le créateur leur aurait-il donné des larmes, qui se perdraient aussitôt dans l'océan ?

Tu dois te dire :

- Que vient faire Maud, dans toutes ces jérémiades ?

Je vais te l'apprendre, bien que tu sois homme. Mais tu ne pourras jamais, tu entends ? jamais me comprendre. »

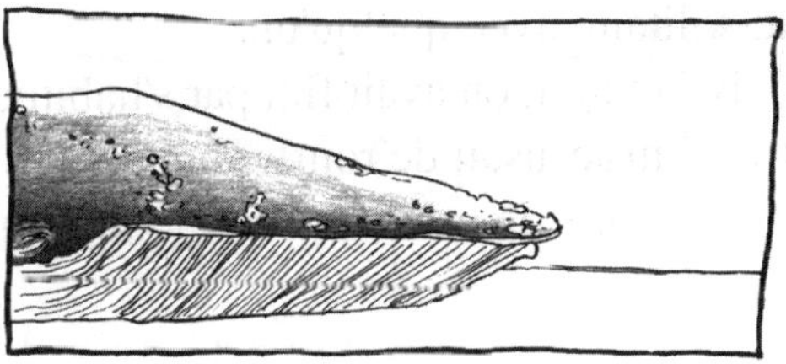

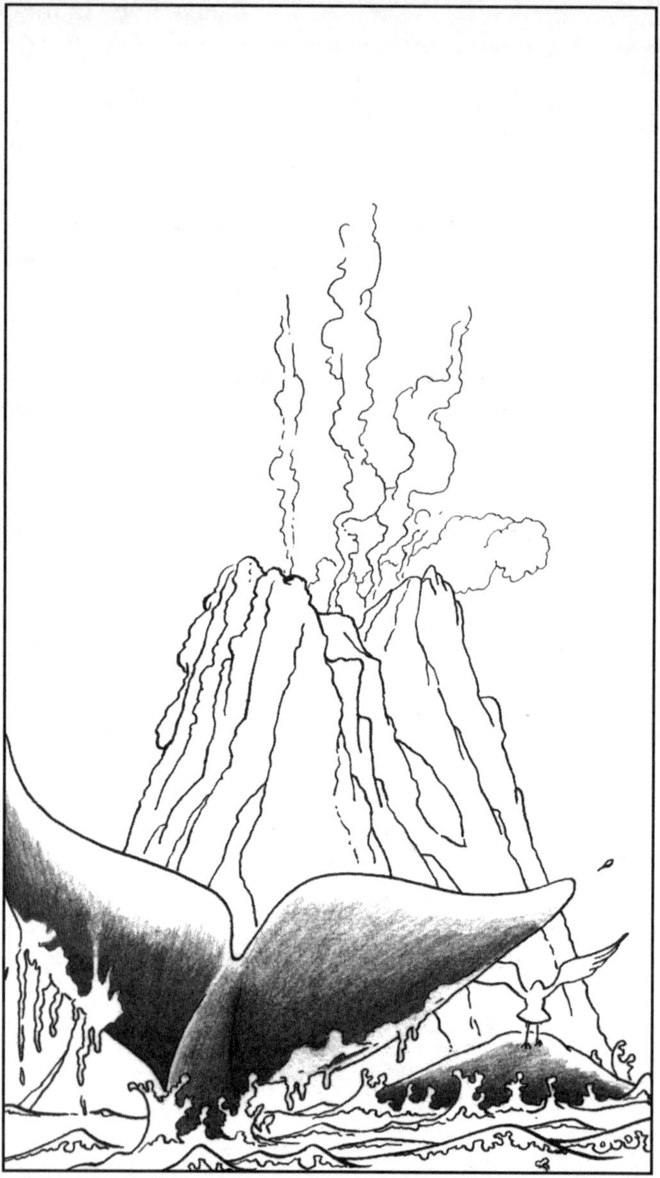

Chapitre 3

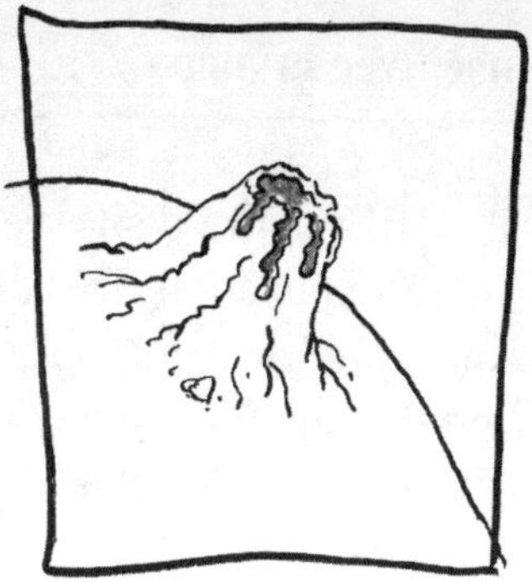

Le volcan Surtsey, en Islande, a surpris tout le peuple des mers en surgissant de l'océan, dans un tonnerre de laves et de vapeurs, il y a quelques printemps. Son feu intérieur s'est acharné contre la mer du grand Nord, et finalement, il a gagné. Ses cendres sont maintenant une montagne qui domine les flots que ses laves continuent à faire bouillir furieusement.

Jamais navire ne l'approche car sous la surface se cachent encore des fleuves brûlants, qui vous cuisent d'un coup.

Donc ce jour-là, je croisais au large de ce volcan quand Chiwi se mit à piauler sur mon dos :

- Stop ! Mets en panne !

(Il lui arrivait de parler comme tes exécrables marins).

Il a filé à tire-d'aile vers le volcan sans la moindre explication. De loin, je l'ai vu se poser sur une plage de cendres rouges à peine tièdes, au milieu de laquelle, bien que n'y voyant guère, je devinais une tache claire. Elle semblait bouger doucement.

Jamais aucun poisson, ni le moindre cormoran n'ont vu sur cet îlot terrible le plus petit signe de vie, et voilà mon Chiwi qui me revient avec une incroyable nouvelle !

- Mob, ma vieille !

(Comme toutes les vieilles, j'ai horreur qu'on me traite de ce que je suis.)

- Qu'est-ce que tu veux, vieux déplumé ?

- Une petite fille nue est endormie sur la plage de cendres rouges. Je l'ai crue morte, mais parfois, elle s'agite un peu.

- C'est cette tache, là-bas ?

- Oui.

- Si ce que tu me racontes est vrai, cette fille a perdu la tête !

- Elle n'a même pas l'air d'entendre le sifflement des bombes du volcan qui tombent autour d'elle ! Je vais revoir ça de près.

Le voilà reparti avant que j'aie le temps de lui

poser la moindre question (il faut dire que je suis plutôt lente...). En l'attendant, je n'avais pas pu résister à faire ma petite sieste. Il m'a réveillée, cet emplumé, en me piquant derrière ce trou qui me sert d'oreille.

Il sifflait :

- Va la chercher ! Va la chercher !

- Je n'ai aucune envie d'être rôtie par les laves.

- Tu préfères que ce soit elle, tas de lard !

Cette peste sait très bien que j'ai le cœur gros comme ça. Un cœur de baleine. Mais ce volcan qui pétait le feu ne me disait vraiment rien qui vaille. J'ai gagné du temps :

- D'où sort-elle, ta petite endormie ?

- Comment veux-tu que je le sache ? Elle attend, toute vivante, de devenir un petit tas de viande cuite. Par ta faute, Mob.

- Foie de hareng, j'y vais, mais à une condition.

- Dépêche !

- Dis-moi comment elle s'appelle.

- Maud. Elle s'appelle Maud.

- Pourquoi Maud ?

- C'est comme ça.

- Mais pourquoi ?

- Parce que ça me plaît.

- Va pour Maud.

En nageant vers le volcan, je me demandais :

- Pourquoi donc ce siffleur l'a-t-il appelée Maud ?

Toi qui es un homme avec une tête rapide, tu as déjà trouvé ? Non, tu ne vois pas ? Maud… Mob… Maud… Ça ne te dit rien ?

J'ai donc réussi à me roussir une mâchoire, à m'ébouillanter le ventre, avant de trouver refuge derrière un écueil de lave froide, juste devant la fameuse plage rouge.

Et je me suis mise à surveiller la fillette. Chiwi n'arrêtait pas de me piauler dans les oreilles, comme si j'étais une grosse imbécile :

- Qu'est-ce qu'elle fait là ? D'où vient-elle ? D'un naufrage ? Aucun marsouin ne nous en a parlé, et ils sont au courant de tout. On dirait qu'elle est tombée du ciel… on dirait que et que et que…

- Ferme ton bec !

Je trouve toujours bien fatigant de me poser des questions. Mais si en plus il faut y répondre !

Passons à la suite. J'ai arrosé la fillette d'un grand coup de queue. À peine sortie de son drôle de sommeil, elle a poussé un grand soupir puis elle s'est mise à crier comme le nourrisson qui sort de sa mère, chez vous les hommes. Sauf qu'au pied de ce volcan, il n'y avait ni mère ni rien et que la petite avait déjà une bonne dizaine de printemps. Mais allez donc comprendre d'où elle venait. D'un naufrage ou du ciel ?

Ses yeux à peine ouverts elle a regardé, toute étonnée, ses mains, ses pieds et ses genoux qui pliaient quand elle voulait. Elle ne prêtait aucune attention aux laves qui s'enroulaient vers elle. Au lieu de s'enfuir, elle a jeté ses longs cheveux blonds au vent pour qu'il s'en amuse.

Tu sais que nos baleineaux, à peine sortis de la mère, se mettent à nager autour d'elle. Pauvre Maud ! Dès qu'elle a tenté de se dresser sur ses pattes, elle est lourdement retombée pour se mettre à ramper comme le crabe qui cherche la marée. C'était si drôle que Chiwi s'est mis à rire comme un perroquet et moi… moi, d'un rire de baleine, bien entendu ! Tu veux que je te montre ?

Mob a essayé mais rien n'est sorti de ce rire proverbial.

- Je n'en ai plus pour longtemps… Voilà donc Maud, à peine née ou réveillée, comme tu voudras, qui rampe droit sur une coulée de cendres qui retombait dans la mer en gerbes d'étincelles.

Elle était déjà bien de chez vous, attirée par ce que vous appelez, je crois, les "jolies choses". (Une de vos manies et l'un de vos mots que je ne comprendrai jamais.) « Joli… joli… ». Pour nous, dans la mer, tout est ou bien bon ou bien mauvais, mais « joli »!

Je me mis à beugler de toutes mes forces :

- Maud ! Maud !

Mais elle n'entendait pas encore, comme toi, le langage de l'univers, pas plus qu'elle ne connaissait son nom de Maud puisque Chiwi venait de le lui donner.

Notre oiseau l'a sauvée en tournoyant autour d'elle tant et si bien qu'il l'a étourdie. Elle n'avait plus d'yeux que pour notre ébouriffé !

Moi, je me suis approchée de la plage de cendres rouges, mais froides celles-là, en évitant les courants bouillants qui sans cesse tournent autour de cette île de Surtsey. Je ne sais comment j'ai réussi à faire glisser sur le sec ma grande queue. Il faut pour un pareil exploit le génie de la mer et cent ans d'expérience. Chiwi s'est remis à tarabuster la fille pour la forcer à y monter, comme sur une de ces passerelles de vos bateaux. Dès que je l'ai sentie bien installée, j'ai levé l'ancre vers le large, comme vous dites. J'ai appareillé.

Chiwi m'a dit qu'à peine sauvée - s'en rendait-elle seulement compte ? - elle s'est mise à faire de grands gestes à toute la création, comme une plante qui se balance au vent.

Il y a bien longtemps, avant que les hommes ne nous poursuivent pour nous tuer, je pouvais m'approcher des côtes, parfois même entrer dans les ports. Et je voyais, sur les digues, vos filles faire ces mêmes gestes. Chiwi m'a dit que chez vous on appelle ça « danser » ? Il prétend même, comme il ne doute de rien, qu'à la période des amours les oiseaux dansent aussi. Mais aucune vantardise ne lui fait peur.

Vois-tu, Jonas, j'aurais dû avoir le cœur dur envers vous, les hommes, qui nous pourchassez en bateau, vous qui avez éventré mes enfants pour en graisser vos chaussures et lisser les cheveux de vos filles. Mais Maud, c'était autre chose…

Jamais nous n'aurions pensé qu'une fois réveillée, la fille aurait autant de peine à se faire entendre. Il y a si longtemps que les hommes ont perdu le langage de la nature. Et allez donc saisir ce qu'ils disent quand ils ne se comprennent même pas entre eux !

Nous entendons le vent crier :

- « Attention, je vais piquer ma colère ! », et nous savons qu'une tempête se prépare.

Mais vous êtes obligés d'inventer des tas de bêtises pour deviner le temps qu'il fera le lendemain !

J'ai dû me contenter de sentir les petits pieds de Maud sur mon dos et sur mes nageoires. Quand elle était à cheval au bout de ma queue je n'osais plus bouger, mais le soir, avant de flotter sur le sommeil, je criais aux vagues et aux étoiles :

- Mes vieilles, je ne suis plus seule ! Plus seule ! Regardez ma compagnie ! Qui, parmi vous en a une aussi bonne et légère ?

Et j'ajoutais, pour les vagues :

- Réveillez-moi si vous la voyez faire des bêtises !

Bien sûr, il m'arrivait souvent d'être jalouse de Chiwi qui, là-haut, s'amusait avec Maud. Mais la jalousie aide aussi à vivre !

Et puis, je te l'avoue, mon oiseau ne se débrouillait pas mal pour enseigner à Maud comment on pèle un maquereau, comment on évite les arêtes de la dorade et combien d'eau de mer on peut boire sans en tomber malade. Il lui montrait en connaisseur comment éviter les déferlantes et se protéger de la pluie en se roulant en boule.

Bientôt, Maud et lui se mirent à échanger de petits signes. Quand il était content, Chiwi remuait le bout de sa queue. J'essayais de l'imiter mais je soulevais des trombes d'eau qui trempaient la fille et l'oiseau et ce dernier poussait alors des cris si perçants que je dus m'arrêter.

En signe de joie, je me mis simplement à remuer doucement la pointe des nageoires et à souffler un petit jet.

Un jour, enfin, à force de réfléchir, je trouvai le moyen de communiquer. Tu sais que nous, baleines, nous soufflons, pour notre malheur puisque c'est ce souffle qui alerte les baleiniers. J'appris à souffler fort ou doucement pour montrer, là-haut, où en était mon humeur.

Mais ce lent apprentissage ne me servit que peu de temps. Un matin, alors que nous nous y attendions le moins, Maud se mit à parler, comme toi et moi, la « langue universelle ». Elle était si folle de joie d'interpeller crabes et poissons volants qu'ils durent demander grâce ! Chiwi lui-même se plaignit qu'elle parle trop, et ce n'était pas peu dire venant de lui !

Un autre jour, elle nous fit une peur encore plus grande en se jetant à la mer. Elle savait enfin nager ! Les requins, heureusement, fuient les parages des baleines ! Mais par précaution, dès qu'elle était à l'eau, Chiwi surveillait la mer. Au moindre aileron en vue, il me sifflait. Je plongeais sous Maud et elle se retrouvait sur mon dos.

Mais ma plus grande angoisse était l'arrivée des tempêtes, quand les lames balayent mon échine et se perdent au loin… Heureusement, je suis une « vieille de la vieille » de l'océan. Je sens venir le gros temps. Bien avant la bourrasque, je cherchais un îlot assez haut au-dessus des flots pour que Maud ne risque pas d'être emportée, et je l'y déposais, le temps que tout se calme. Chiwi, mon sacré emplumé, se posait près d'elle et je crevais de jalousie de les voir seuls, me demandant de quoi ils pouvaient bien parler. Mais qu'y faire ?

Il y avait des années qu'on se disputait, l'oiseau et moi, mais on ne pouvait plus se passer l'un de l'autre, à plus forte raison depuis que Maud nous rendait l'existence délicate. Tu me pardonneras, mais Chiwi était comme toi un raconteur d'histoires, donc un menteur. Moi, j'ai de la morale. « Aussi pesante que toi », aurait dit

Chiwi. Mais on est fait comme on est fait.

L'important était d'être d'accord sur Maud, de la protéger et de la garder avec nous tant que nous vivrions. Et cette vie fut merveilleuse jusqu'au jour où, sans crier gare, Maud se mit à changer.

De longs moments, elle se taisait, étendue sur le dos. Elle s'occupait de moins en moins des disputes des mouettes et ne s'intéressait plus à Chiwi quand il faisait l'idiot pour la faire rire. Elle regardait passer les nuages en soupirant et pleurait sans raison. Sur son état, elle ne voulait rien dire et j'en avais gros sur mon cœur de baleine.

- Ça doit être l'âge, ça lui passera, disait Chiwi.

Quant à moi, je me souvenais, à la mort de chacun de mes baleineaux, d'avoir eu envie que ma vie finisse aussi.

Une nuit, la tristesse de Maud fit place à la fureur. Elle saisit Chiwi par une aile et se mit à le faire tourner en lui criant des horreurs. Il me fallut plonger pour libérer mon pauvre compagnon. Les jours qui suivirent, il se réfugia au bout de ma queue, prêt à s'envoler dès qu'elle l'approcherait. Je n'osais pas lui poser de questions mais il fallut bien qu'un jour elles sortent !

- Maud, mais qu'est-ce qu'on t'a fait ?

- Je vous déteste !

- Pourquoi ?
- Pour rien !
- Ce n'est pas vrai. Dis-nous tout.
- Jamais vous ne me parlez des hommes !

Enfin, nous savions !

Écoute bien, Jonas, car ce jour-là j'ai fait la plus grosse bêtise de ma vie. J'ai osé répondre :

- Pauvre Maud, il n'y a plus d'hommes.
- Pourquoi ?
- Tu le sauras plus tard.
- Tout de suite !
- Je suis trop fatiguée, ce soir.

En vérité, je ne savais trop que lui raconter et j'attendais de Chiwi qu'il inventât quelque chose. Mais quand je lui en parlai il répondit :

- Pas d'accord.
- Pourquoi ?
- Un jour ou l'autre, elle saura.
- Mais non, il suffit de ne jamais croiser devant des îles habitées et d'éviter la route des navires.
- Elle le saura, bougresse d'idiote ! Mais puisque tu veux une histoire pour te sortir d'affaire, j'en ai une !

Le lendemain, il s'approcha d'elle en clopinant et dit :

- Ma petite Maud, je ne t'en veux pas de m'avoir tordu l'aile. Ce vieux « cétacé », (il parlait de moi), me dit que tu cherches une famille. Il faut que je te dise ce qui est arrivé aux tiens.

Avant la catastrophe, ils habitaient tous sur une grande île, dans un château.

- C'est quoi, un château ?

- Des pierres les unes sur les autres qui protègent de la pluie et du vent, et aussi des bêtes féroces.

- C'est quoi, des bêtes féroces ?

- Des genres de requins de terre.

- Je veux un château !

- Mais comment veux-tu qu'on bâtisse un château sur le dos d'une baleine ? Attends la fin de mon histoire.

Le château des hommes était fait de pierres et ces pierres d'une foule de coquillages. Des coquillages de pierre depuis longtemps morts. Toute l'île était aussi en coquillages. Un jour, un monstre des profondeurs est remonté. Il a entendu une petite fille comme toi chanter, si merveilleusement bien qu'il en a été pris d'une jalousie mortelle.

- C'est quoi, la jalousie ?

- J'en ai assez de tout t'expliquer !

- C'est quoi, « mortelle »?

- Vas-tu m'écouter, à la fin ? Le monstre a craché sa salive sur l'île et tous les coquillages, comme des escargots, se sont mis à baver, comme s'ils étaient vivants. Le château et les rochers se sont ramollis. Ils ont coulé dans la mer avec tes frères les hommes dedans. Tous noyés !

- Et moi ?

- Tu as eu de la chance que nous passions par là ! On t'a portée sur un volcan pour… pour te réchauffer, puis Mob t'a reprise sur son dos et voilà. Nous sommes ta seule famille maintenant, tu comprends, cette fois ? Qu'est-ce que tu veux de plus ?

- Tout ce que vous ne me donnez pas.

Chapitre 4

Bien des saisons ont passé sans calmer la tristesse et la colère de Maud. Elle faisait semblant de jouer et de rire mais pleurait pour un rien. Chiwi avait beau lui raconter ses histoires drôles, elle l'écoutait un moment puis se mettait à rêver et à bâiller au moment le plus passionnant du récit. Quand sur mon dos, elle soupirait, je ne pouvais m'empêcher de l'imiter et fais-moi confiance : un soupir de baleine, c'est presque une tempête.

Je ne sais comment cela aurait tourné si une tempête, vraie celle-là, tombée subitement du grand Nord en pleine nuit n'avait fini en drame. Impossible de trouver le moindre îlot pour mettre Maud en sécurité, tant les ténèbres étaient épaisses et la mer démontée. Une énorme lame me retourna.

Quand je me remis à flotter, plus personne sur mon dos. Adieu, ma petite fille !

Les lames à peine calmées, Chiwi et moi avons fouillé la mer de fond en comble. Lui en surface et moi en profondeur. Rien ni personne sauf les épaves d'un grand voilier qui s'enfonçaient lentement.

- Si on avait déposé la petite sur une île des hommes, rien ne serait arrivé, dit Chiwi.

Pour cette phrase, si j'avais pu, je l'aurais plumé jusqu'au bec. Bien sûr, il avait raison, mais n'était-ce pas lui qui avait inventé la fable des coquillages ?

Nous avions fouillé l'océan à maintes reprises pour retrouver le corps de Maud quand Chiwi, de son œil perçant de fin pêcheur, fut intrigué par le manège d'un énorme cormoran. Il avait bâti son nid sur la carcasse en bois d'un vieux bateau drossé par la tempête sur un îlot que nous ne connaissions pas. On s'approche et voilà qu'on entend des cris qui nous font bondir le cœur de joie. Maud !

La suite de l'histoire, je te la dis telle que la petite nous l'a racontée elle-même, quelques jours après.

« Pendant la tempête, j'ai nagé tant que j'ai pu.

J'allais couler quand de longues griffes se sont enfoncées dans ma cuisse. Regarde ! J'ai encore les marques ! Je suis montée dans les airs, si haut, si haut que j'avais encore plus peur que sur les vagues démontées. Soudain, j'ai vu remonter la mer vers moi, puis un gros tas de planches et de cordes où je suis tombée. J'ai dormi comme un veau de mer, tant j'étais épuisée. À mon réveil, j'étais couchée sur un énorme galet rond et blanc. Une petite voix, très loin, criait :

- Du soleil ! Du soleil !

J'ai crié aussi fort :

- Où es-tu ?

- Du soleil ! Je veux du soleil !

- Mais dis-moi où tu es !

- Sous toi !

- Sous moi ? Il n'y a qu'une grosse boule ronde et dure comme une petite baleine de pierre.

- Une baleine ? C'est quoi, une baleine ?

- C'est une grosse bête qui prend les petites filles sur son dos. Mais toi, qui es-tu ?

- Je ne sais pas. De temps en temps, chez moi, ça devient très noir et très chaud. D'autres fois, comme maintenant, j'ai froid et je vois de la lumière. Alors, j'arrête de grandir.

- De grandir ?

- Bien sûr ! Je change un peu tous les jours. Quand je me réveille, il m'arrive d'avoir de la peine à me reconnaître. Et toi ?

- Quand je regarde mes mains tous les matins, ce sont toujours les mêmes.

- C'est quoi, des mains ?

- Un truc plein de doigts au bout d'un bras.

- Et un bras ?... Et un bras ?...Tu ne veux plus répondre ? Ça m'est égal, garde tes bras pour toi, mais donne-moi du soleil ! Attention ! Voilà l'ombre ! Ça va chauffer !

Soudain, c'est la nuit, la nuit sous une chaleur étouffante. Je me sens écrasée. Une odeur épouvantable de poissons pourris et de plumes mouillées me fait vomir. Aussitôt, un peu de jour revient. Je rampe vers lui mais un œil énorme et vert me bouche le chemin. Un bec crochu s'ouvre pour me dire :

- Veux-tu te taire ! Où te crois-tu ?

- Sur le dos d'une petite baleine !

- Une baleine ? Quelle baleine ? Tu es debout sur l'œuf que je viens couver. C'est moi qui t'ai repêchée.

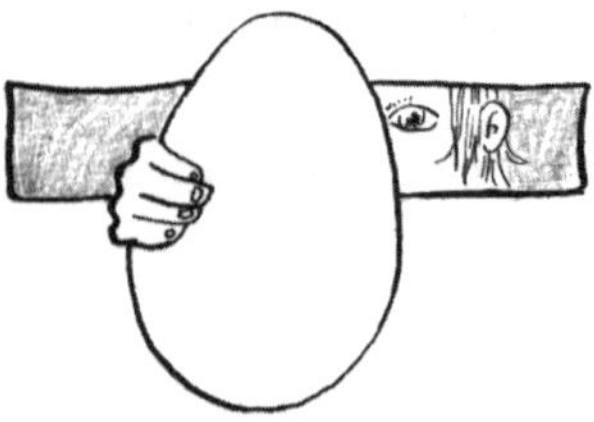

- Merci, grand oiseau !

- Tu me remercieras plus tard, si l'envie ne t'en est pas passée.

- J'ai entendu une petite voix crier : « Du soleil ! Du soleil ! »

- Toujours pressé d'éclore, celui-là ! Tu l'auras, ton soleil, mais attends au moins d'être fini !

- Je veux, grand oiseau, que tu me portes sur une autre île ou bien sur le dos de Mob.

- Qu'est-ce que Mob vient faire ici ? Je ne t'ai pas pêchée pour te sauver, mais pour te faire manger par mon petit quand il aura cassé sa coquille !

- Mais je ne veux pas être mangée !

Le cormoran a fait grincer un rire horrible. J'ai cru qu'il allait me tuer tout de suite.

- Idiote ! Avec tes histoires, tu as failli me faire manquer ce banc de sardines qui passe au large !

Le cormoran s'est envolé, et moi, sur son œuf, je me suis mise à trembler de peur.

- Hé ! Dans la coquille !

- J'y suis !

- Je ne veux pas que tu me manges !

- Je n'ai pas encore faim.

- Et quand l'appétit viendra ?

- Je te goûterai et je te promets de te dire si c'est bon.

Je n'ai pensé qu'à m'évader et j'ai tourné autour

de l'île, pleine de morceaux de bois et de fer. Mon cœur s'est mis à battre quand j'ai vu un homme très grand. Quand je lui ai parlé, il n'a pas répondu. Quand je l'ai touché, il était tout froid. Explique-moi tout, Chiwi !

- Les poutres et les voiles étaient les restes d'un naufrage, a répondu Chiwi, et l'homme de bois la figure de proue.

Nous aurions pu en profiter pour révéler à Maud la vérité sur ces millions d'hommes qui sillonnent encore toutes les mers du monde, des hommes bien vivants comme elle, mais lâchement, j'ai dit tout au contraire :

- Tu vois bien qu'il n'y a plus d'hommes puisque le seul est en bois !

Et voilà la fin de l'histoire :

Quand le poussin a menacé Maud de la goûter, elle s'est mise à crier et nous l'avons enfin entendue. Le cormoran aussi. Il a dû croire que la fillette avait cassé son œuf. Il a aussitôt quitté son lieu de pêche pour revenir à tire-d'aile vers son nid.

Jamais je n'ai nagé aussi vite ! À m'en crever les poumons, mais le cormoran allait plus vite que moi.

Il rasait les vagues droit vers le nid, tandis que la coquille de l'œuf craquait de tous côtés. Chiwi, d'habitude si poltron, s'est mis à tournoyer autour de l'oiseau géant, ce qui l'obligea à zigzaguer pour éviter que le bec pointu ne l'éborgne. Hélas ! J'étais encore au large quand le cormoran était déjà sur le nid. J'ai beuglé de toutes mes forces :

- Touche à Maud et j'écrase ton poussin. J'en fais de la bouillie à maquereaux !

Pour une fois, le cormoran prit peur. Il poussa Maud dans la mer, fit deux ou trois cercles menaçants autour d'elle et reprit le large.

C'est ainsi que j'ai pu repêcher ma fillette, toute tremblante de peur et de froid. Aussitôt sur mon dos, elle m'a donné quelques rudes claques pour me remercier et mon cœur a fondu.

Ah, si j'avais su que Maud ne m'avait pas tout confié !

J'ai appris, mais bien plus tard, bien trop tard, que le cormoran s'était ainsi moqué d'elle :

- Comment, petite fille, tu te crois seule ? Mais la mer entière est sillonnée par les vaisseaux des hommes ! Ces pestes sont partout dans le monde !

Pourquoi ne m'a-t-elle pas dit alors qu'elle savait ? J'aurais eu le courage de cesser de lui mentir et je n'en serais pas cette nuit à mourir sur cette plage !

Chapitre 5

Et Maud est retournée à ses rêveries à plat ventre sur ma peau, dont elle arrachait longuement les coquillages avec les ongles. Chiwi avait beau jacasser, peine perdue, elle faisait comme s'il n'était pas là.

Un jour, elle s'est enroulée dans des algues rouges. Comme si elle n'était pas mieux nue, comme tout le peuple des mers ! Elle s'est même noué les cheveux derrière la tête pour regarder son image dans l'eau. Est-ce que j'ai besoin, moi, de voir mon double de baleine en reflet quand la mer est calme ? Et sais-tu ce qu'elle a fait encore ? Elle a ramassé toutes les plumes d'oiseaux morts qu'elle a vues flotter sur les vagues et elle les a plantées dans ses algues. Elle n'avait plus l'air de rien. Ni d'une mouette ni d'une fille. J'en avais honte et même Chiwi la trouvait ridicule. Pour comble, dans le nœud de ses cheveux, elle a planté une arête de poisson-lune. Avec toutes ces sottises sur le corps, elle nageait mal et me grattait la peau.

Un jour, prise de colère, j'ai dit :

- Pourquoi ne veux-tu plus être nue comme tout le monde ?

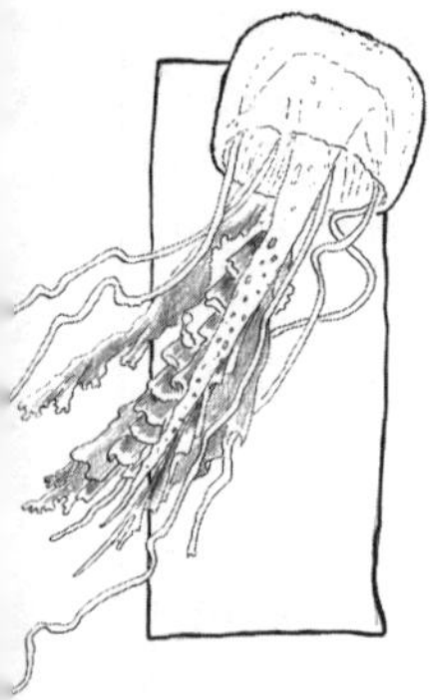

- Je ne veux plus qu'on me voie.

- Qui va te voir ? Les méduses ?

- Tous !

- Tous, ça ne veut rien dire !

- Tous les oiseaux, les poissons, les veaux de mer. Quand ils me voient, je sais bien ce qu'ils disent.

- Je ne les ai jamais entendus parler de ta peau.

- Ce n'est pas vrai. Tous ils disent : cette fille des hommes, c'est une fille.

- Et alors ? Moi aussi, je suis une femelle !

- Moi, je ne veux pas être une femelle, je veux être une femme.

- Une femme, c'est la femelle de l'homme.

- Et un homme ?

- Eh bien un homme, c'est le mâle de la femme.

- Moi, je suis la femme de l'homme, pas la

femelle d'un mâle. D'ailleurs, je n'ai jamais vu de mâle homme, et je ne veux pas en voir.

- Pourquoi ?

- Parce que les mâles, ça me fait peur.

- Il en faut…

- Je ne veux plus parler de ça.

Un autre jour, Maud s'est mise à faire de drôles de bruits avec sa gorge. J'ai cru qu'elle était folle pour de bon, et je me suis confiée à l'oiseau :

- Tu entends ?

- Oui. Elle chante.

- Qu'est-ce que cette nouveauté ?

- Ce que ne fera jamais une baleine.

Mon cher méchant compagnon ajouta, glorieux :

-… Et c'est heureux que tu ne chantes pas. Mais nous, les oiseaux, nous chantons comme elle. Sitôt dit, il se mit à pousser des sifflets stridents qui me firent éclater de mon gros rire de baleine.

Maud, donc, chantait. Je remarquai qu'en faisant ces bruits de gorge, elle était encore plus absente, mais moins triste.

Un jour, autre nouveauté, elle colla ses lèvres contre mon oreille pour crier :

- Je veux revenir sur l'île où vous m'avez trouvée.

- Mais c'est un terrible volcan ! Que veux-tu faire là-bas ?

- Je veux la revoir. Juste la revoir.

Pour une fois, je pouvais lui faire plaisir !

Depuis des temps et des temps, nous avions laissé les mers froides et leurs icebergs pour des courants plus doux, au large des côtes chaudes.

Nous sommes remontés des lunes et des lunes vers l'Islande. Chiwi était furieux. C'est qu'il avait pris de l'âge. Plus il faisait frais plus il était raide et avait de la peine à voler.

Nous avons enfin vu sortir des brumes le volcan de Surtsey où nous avions sauvé Maud toute enfant d'une coulée de lave.

Le lieu était méconnaissable. Le volcan avait avancé en mer. C'est à peine si une petite fumée grise sortait encore du sommet, dégageant une odeur nauséabonde de soufre. À peine débarquée, Maud demanda à repartir.

Nous pensions l'avoir enfin dissuadée de rechercher son passé humain, mais en réalité, elle avait conclu en voyant son île totalement déserte que personne ne voulait plus d'elle.

Elle cessa, de ce jour, de parler comme de chanter.

Chiwi et moi étions désemparés de la voir si triste, mais nous l'aurions été encore plus de la voir nous quitter en la débarquant chez les hommes.

La débarquer chez les hommes… je sais que j'aurais dû la rendre à ceux de son espèce. Maintenant, c'est trop tard. Bien trop tard.

Écoute-moi, Jonas. Écoute-moi bien pour que je meure en paix. Mon seul espoir, c'est toi. Si les hommes lisent ton histoire, Maud la lira peut-être aussi ? En espérant qu'elle est encore vivante…

Mais tu ne peux pas me comprendre avant que je te dise tout ce qui est arrivé après la visite à Surtsey.

Chapitre 6

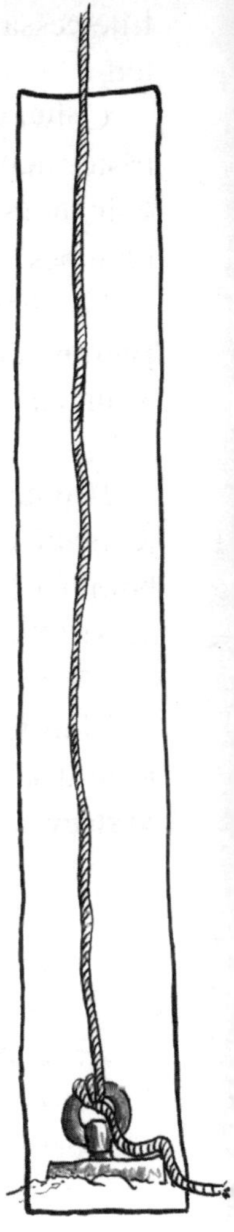

Une nuit, je ne pouvais dormir tellement mes mauvaises pensées tournaient et retournaient dans ma tête. Maud m'appela. Je pensai qu'elle avait dû glisser à la mer, comme cela lui arrivait souvent, mais non. Elle était bien sur mon dos.

Elle criait : « Regarde ! Regarde là-bas ! »

J'avais beau rouler des yeux de-ci, de-là pour chercher les raisons de son agitation, je ne remarquais rien d'extraordinaire. Seulement la mer, et une petite île. Même pas un îlot. Un simple banc de sable droit devant.

Je réveillai Chiwi d'un coup de queue. Après avoir bien piaulé sa colère, il accepta d'aller inspecter cet îlot minuscule, dont la vue excitait tellement Maud.

Là-bas, quelqu'un avait attaché une corde à un anneau noyé dans le sable, mais chose bizarre, cette corde, au lieu de s'enrouler sur le sol, filait vers le ciel. Elle pendait de si haut qu'on n'en voyait plus le bout. Elle traversait même les nuages avant d'aller s'enrouler Dieu sait où.

Les moindres désirs de Maud étaient devenus si rares que j'avais pris l'habitude de les satisfaire aussitôt. Elle voulait cette corde ? En route. Pourtant, cette îlot me posait de drôles de questions. Et j'ai toujours eu horreur de ce que je ne comprends pas. Rien que d'y penser me donne de ces maux de tête !

À peine déposée sur la plage minuscule, la petite se mit à grimper le long de la corde. De temps en temps, elle se penchait pour regarder ses deux îles : celle de sable et moi-même, celle de chair. Ce qu'elle voyait de là-haut devait être très cocasse car elle se penchait souvent pour éclater de rire. Mais elle se hissait encore et encore et encore.

Chiwi était d'une humeur exécrable. Il avait horreur qu'on monte dans son ciel. Comme si la terre ne suffisait pas aux hommes ! Dépité, il

voletait autour de Maud. Il finit par redescendre. Il me siffla :

- Je n'en peux plus. L'air est si léger là-haut qu'il ne me soutient pas.

Ce vilain bec jaune m'a toujours prise pour une idiote. Soyons sérieux. Je n'ai jamais entendu une baleine dire que la mer est si légère qu'elle ne peut plus y flotter !

Maud montait, montait, montait. Si haut qu'elle n'était pas plus grosse qu'une crevette, puis qu'une puce de sable, puis qu'un seul grain. Elle disparut enfin à nos yeux en traversant un nuage.

De la suite, je connais seulement ce qu'elle a bien voulu me raconter :

- Tu sais, Mob… (elle me disait toujours « tu sais » quand elle me cachait quelque chose), tu sais, Mob, la corde balançait dans le vent et en bas, vous bougiez. Au fur et à mesure que je montais, la terre est devenue ronde et le ciel tout noir en plein jour.

Comme tu peux le penser, Jonas, je n'en ai pas cru un seul mot. La terre ronde !

Maud a continué :

- Tu sais à quoi « ils » avaient attaché ma corde, là-haut, au fond du ciel ? À un anneau de fer enfoncé dans une boule grosse comme… oui, comme cent baleines. C'était comme une île ronde qui flottait entre les étoiles. Ne remue pas ta queue, je te jure que c'est vrai !

Je suis montée sur la boule et j'ai marché un peu partout. Je n'ai trouvé qu'un petit volcan ; j'avais l'impression que plus je marchais, plus un autre animal marchait de l'autre côté pour que je ne puisse pas le voir. Je n'ai plus bougé et j'ai attendu. Un enfant a montré sa tête par dessus la boule. Il avait aussi peur de moi que moi de lui. Ses cheveux étaient très courts. Il n'avait pas enroulé des algues autour de son corps comme moi, mais seulement quelques bouts de ces voiles qu'on trouve flottant sur l'eau. Un de ces morceaux de toile, beaucoup plus fin, entourait son cou. Au lieu de pendre, il avait l'air d'être tiré par un grand vent. Pourtant je te jure que sur cette île, il n'y avait pas un souffle.

Cet enfant n'était pas tout à fait comme moi. On appelle ça un garçon.

- Qui t'a soufflé ce mot ?

- Chiwi. Il m'a dit que l'enfant s'appelait "garçon".

Et voilà Maud qui s'arrête en pleine histoire et se met à rêver. Je demande :

- Ensuite ?

- Ce serait tellement mieux s'il n'y avait que des filles…

- Tu as raison. Après ?

- C'était pourtant mieux que, là-haut, ce soit un garçon.

- Pourquoi ?

- C'est comme ça. Le garçon avait une feuille toute blanche et un bâton tout noir, à force d'en tremper le bout dans le volcan. Il ne m'a même pas regardée, pour mieux gratter sa feuille avec le bâton. Je voyais pour la première fois quelqu'un de mon espèce, et il ne s'intéressait même pas à moi ! J'ai fait ma grosse voix, exprès pour lui faire très peur.

- Comment t'appelles-tu ?

- Je suis le berger de la planète. D'autres disent que je suis le fils du Petit Prince.

- Quels autres ?

- Un seul vieux qui s'appelle « aviateur ». Il passe de temps en temps, en souvenir de mon père. Il dit qu'il lui dessinait des moutons et des roses. Tu devrais m'en dessiner un.

- Moi je ne sais pas ce qu'est un mouton.

- Tu mens ! Tout le monde doit savoir dessiner un mouton.

- Qu'est-ce que c'est, « dessiner » ?

- Faire des choses qui n'existent pas du tout pour qu'elles existent un peu plus.

- C'est comme rêver ?

- Non. Tu sais un peu dessiner ?

- Non.

- Tu ne veux pas essayer avec moi ?

- Non.

- Dessine-moi toute seule une baleine. Moi, je ne sais pas. C'est trop petit, les baleines.

- C'est énorme, les baleines !

- C'est trop petit. J'en vois passer sur la mer, en bas. Mon volcan en cuirait dix à la fois. Dessine-moi une baleine.

- Pourquoi ?

- Mon mouton s'ennuie. Il a envie d'une baleine. C'est tout. Et moi j'ai envie que mon mouton s'amuse. Parce que si mon mouton s'amuse, je serai moins triste. C'est tout. Parce que si mon mouton s'ennuie, quand je ne le vois pas, il souffle dans mon volcan. C'est tout. Alors, le volcan n'est pas content. Il se met aussi à souffler et il répand de la cendre partout. C'est tout. Et mon mouton devient noir et moi aussi. Et pour se nettoyer, il faut attendre un vent d'étoiles. Si tu me dessinais une baleine, mon mouton ne s'ennuierait pas, il ne soufflerait pas dans mon volcan, qui ne soufflerait pas de la suie et on serait toujours propre. Tu veux ?

Moi, je n'avais pas envie de dessiner une baleine, pour que le fils du Petit Prince se moque de moi. Alors, j'ai dit n'importe quoi :

- C'est drôle, enfant du mouton, toi tu vois toujours le dessus des nuages et moi le dessous.

- Je ne veux pas qu'on parle de nuages. Tu « dois » me dessiner une baleine.

- Et si moi je ne veux pas te dessiner une baleine ?

- Tu « dois »! D'abord tu n'es qu'une fille ! Si tu étais moins idiote, on pourrait jouer.

- Qu'est-ce que c'est, jouer ?

- Tu n'as rien appris ? Jouer, c'est faire à saute-mouton. Regarde !

Il a sauté par-dessus son mouton. J'ai essayé moi aussi, et je le faisais bien mieux que lui. Il était en colère :

- D'abord, si tu sautes mieux que les garçons, ils ne voudront pas de toi.

- Vouloir de moi ? Vouloir de moi ? Pourquoi

un garçon voudrait-il de moi ? J'ai ma baleine, mon oiseau et ma mer. Je n'ai pas besoin qu'un garçon veuille de moi. Adieu !

Je me suis laissée glisser le long de la corde jusqu'en bas.

Maud est restée longtemps silencieuse sur mon dos. Elle a fini par dire :

- J'aurais peut-être dû lui dessiner une baleine et sauter moins bien par-dessus son mouton. Qu'est-ce qu'il voulait dire, le fils du Petit Prince avec son « vouloir de moi »?

Je n'ai pas répondu.

Après cette histoire, chaque nuit, j'entendais Maud marcher de ma tête à ma queue, et Chiwi m'a dit qu'elle s'arrêtait souvent et levait les yeux vers les étoiles.

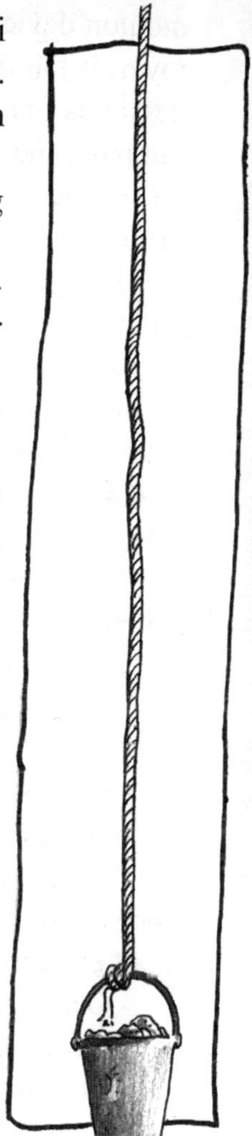

Chapitre 7

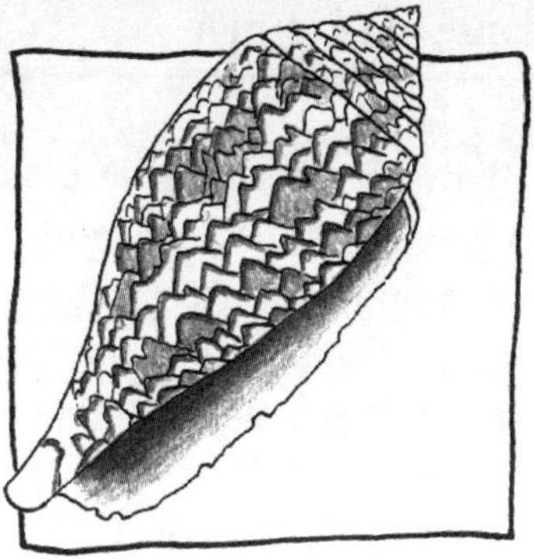

Tout le printemps qui suivit, Maud n'arrêta pas de harceler Chiwi sur ses semblables. Étaient-ils comme le fils du Petit Prince ? Ou plus grands ? Ou plus petits ? Étaient-ils tous des garçons ? Parlaient-ils la même langue que nous ? S'entendaient-ils bien avec le vent et l'arc-en-ciel ? Comment faisaient-ils des enfants ? Comme les baleines font leurs baleineaux ?

À toutes ces questions, Chiwi s'efforçait de répondre, le plus souvent par des mensonges. Si j'avais dû inventer autant de sottises, j'en serais morte de migraines !

Dès qu'on lui parlait des hommes, Maud souriait. Je pensais :

- Ah petite fille, si tu savais comme les hommes traitent leurs femelles et comment ils se traitent entre eux !

Un soir, le soleil se coucha rouge vif. D'un rouge que jamais je n'avais vu aussi lumineux. La mer avait l'air d'avoir harponné le soleil. Les nuages filaient à toute allure vers l'horizon comme des bancs de dorades. J'entendis Maud sangloter.

- Qu'as-tu encore à pleurer ? Tu penses toujours à ce garçon ?

- Je pleure de bonheur parce que c'est « beau ».

- Beau ? Qu'est-ce que veut dire « beau »? Beau, c'est chaud ou froid ?

- Ni l'un ni l'autre. C'est « beau ».

- C'est long ou c'est court ?

- C'est beau !

- Mais enfin, Maud, dis-moi au moins si « beau » c'est ici ou ailleurs ?

- C'est seulement beau.

Je n'ai toujours pas compris. Je vais mourir ici sans savoir ce qu'est le « beau » de Maud.

Deux printemps passèrent encore. La poitrine de notre petite fille du volcan s'arrondissait. Elle marchait en godillant comme une barque. Si je la débarquais sur une île en prévision d'une tempête, elle marchait aussitôt vers l'intérieur comme cherchant quelque chose ou quelqu'un. Mais nous avions soin, pour lui éviter de mauvaises rencontres, de choisir des îles désertes.

C'est par la faute de Chiwi que le nouvel ennui nous arriva. Je me demande encore s'il ne l'avait pas fait exprès. Une nuit que je soufflais en paix, je fus réveillée par des cris de joie. Maud dansait sur mon dos, et dans ma surprise, je sursautai si fort que je faillis balancer tout mon monde à la mer.

Maud criait :

- Le vieux ! Je veux l'île de ce vieux !

- Maud, je te jure qu'il n'y a pas de vieux sur les îles !

- Chiwi m'a dit qu'il y a un vieux sur un petit îlot de sable. Si je ne le vois pas, une de ces nuits... je me noierai !

- Bon, bon... Nous irons sur l'île du vieux !

- Et d'abord, tu me parles de lui !

Je soufflai un grand coup pour montrer ma colère à notre oiseau, qui avait sûrement fait cette indiscrétion, puis contrainte et forcée, je racontai à Maud l'histoire du vieux fou. Si elle avait envers lui les mêmes sentiments que moi, elle n'insisterait plus pour le voir.

- Voilà l'histoire de ce vieux, ma petite Maud.

D'après ce que j'ai su par d'autres baleines, qui le tenaient d'un marsouin, qui l'avait appris en suivant un navire de croisière, ce vieux est devenu fou d'une fleur très noire, très rare et très belle. Un autre fou comme lui l'avait soi-disant vue une seule fois sur une falaise d'Islande, près du grand glacier de Vatna. Il l'avait appelée soldanelle. Tout le monde des hommes répétait qu'il était impossible que cette fleur existât, parce qu'il n'y a jamais eu de fleurs noires, à plus forte raison devant un glacier.

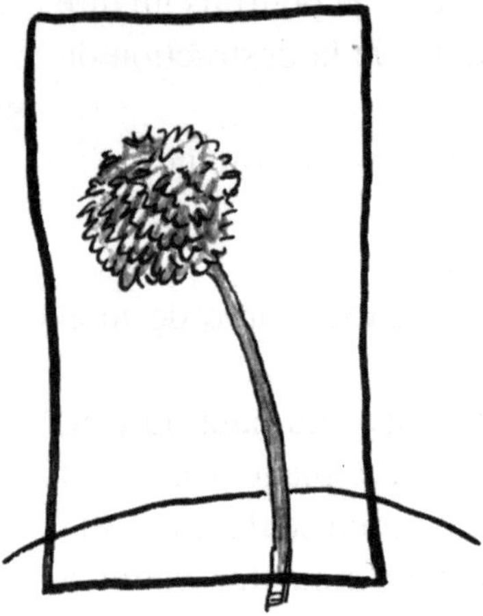

Mais notre vieux s'était mis dans la tête, non seulement que l'autre vieux fou avait vraiment vu la soldanelle, mais qu'elle avait dû éparpiller des graines qui, poussées par le vent n'avaient pas dû manquer de faire de nouvelles Soldanelles ici ou là. Aux Lofoten ou aux Féroé. Sur une petite barque avec une seule voile sur laquelle était dessinée sa fleur, il avait visité beaucoup et beaucoup d'îles. Dans la dernière, la voile s'était déchirée, les rames s'étaient cassées, et les hommes l'avaient oublié là.

Notre Maud m'interrompt aussitôt :

- On y va tout de suite !

Et nous voilà nageant vers l'îlot de sable. Pour une fois, les petits pieds de notre jeune fille trépignaient de joie. J'en étais ravie. Et puis, après tout, si elle retrouvait le vieux, je pourrais lui dire que lui aussi avait été sauvé de la destruction du château !

Or l'île était vide. Pas de trace d'homme !

- Débarque-moi !

- Mais il n'y a personne !

- Je veux emporter un peu de sable de mon parent l'homme !

Nous avons débarqué. Chiwi du haut du ciel, regardait Maud fouiller toute la plage. Ce ne fut pas long, tellement elle était minuscule. La petite allait rembarquer quand une mouette se mit à tourner autour d'elle en criant :

- C'est pas là ! C'est pas là !

- Qu'est-ce qui n'est pas là ?

- La tombe du vieux !

- Qu'est-ce que c'est, une tombe ?

- Un trou que font les hommes pour y jeter ceux qui sont morts ! Ton vieux, quand il a senti venir la fin, a creusé ce trou dans le sable et il s'y est couché. Le vent s'est chargé de le recouvrir.

J'ai appelé :

- Remonte sur moi, Maud !

- Je ne veux pas !

- Tu as bien entendu la mouette !

- Je veux rester cette nuit avec lui ! Il existe tant qu'on l'aime !

- Mais jamais tu ne l'as connu !

- Son histoire est "belle" !

Encore le même mot que je ne comprenais pas. Que voulais-tu que je réponde ?

- Reste une nuit, mais une seule !

Le lendemain, elle découvrit la tombe, et s'assit à côté d'elle.

- Remonte sur mon dos !

- Encore une nuit !

- La dernière !

Le lendemain à l'aube, Maud était toujours à la même place. Chiwi remarqua sur la tombe un brin d'herbe venu d'on ne sait où, car l'île était de sable.

Une nuit encore et un petit bourgeon grossissait au bout de la plante.

- Rentre, Maud, je t'en supplie !

- Je veux voir la fleur !

- Tu es aussi folle que le vieux ! Des fleurs je t'en montrerai tant que tu voudras !

- Je veux voir *cette* fleur.

Le lendemain elle l'a vue, et nous aussi. Dommage que le vieux n'ait pas été de ce monde, il en aurait pleuré de joie. Sur sa tombe se balançait une très grande et belle fleur toute noire.

- Cueille-la et reviens.

- Je la laisse au fou. Je ne la cueille qu'en souvenir.

Je n'ai rien compris à toute cette histoire, mais les jours qui suivirent, Maud fut beaucoup moins triste. Quand je demandai à Chiwi ce qu'il pensait de l'aventure de la soldanelle, il répondit :

- Maintenant, Maud est sûre que nous lui avons menti. Elle sait qu'un jour elle retrouvera les hommes et ne pense qu'à ça.

- Et nous ?

Chiwi n'a pas répondu, mais j'entendais trembler son bec.

Chapitre 8

Chiwi avait sûrement raison, car Maud se fit de plus en plus maligne. Ainsi me dit-elle un jour :

- Maintenant, je veux une île « pour rire. »

Tu le sais bien, Jonas, vous seuls savez inventer des mots pour rire. C'était une façon, pour Maud, de nous demander à voir des hommes. Chiwi trouva la solution :

Il y avait à une journée seulement de nage un îlot plein de trous. Celui qui passait sa vie à les creuser était un grand nègre aux yeux rouges et aux cheveux crépus. Aucun risque que Maud veuille rester avec lui sur l'île ! Est-ce que j'aurais accepté, moi, d'avoir pour compagnon une baleine mâle toute blanche ?

On a donc piqué plein sud et au lever du soleil, avant même de voir l'île, on entendait le nègre chanter à tue-tête. Nous connaissions sa chanson, toujours la même, tellement idiote qu'il faudra la noter dans le langage des hommes.

« Dans mon île, je creuse un trou
Au fond d'ce trou un autre trou
et dans ce trou du trou je troue
encore un trou. C'est fou,
Troulalère !

Avec tous mes trous bout à bout,
mon dernier trou, bientôt, va trouver
le grand air chez un Papou.
Troulalère !
Mais si ce Papou creuse un trou
un grand trou dans son trou du trou,
on finira par se retrouver pile
au centre de la terre !
Troulalère ! »

Je lui dirai : « Sacré Papou,
comment va-t-on choquer nos verres
pieds contre pieds au bout des trous
toi par-devant moi par-derrière »
Troulalère !

Il me répond : « Ce n'est pas tout !
Quand nous serons ensemble au trou
qu'on nous prépare au cimetière,
là nous boirons comme des trous ».
Troulalère
Et j'ai dit : « OK vieux Papou,
troulaïtou ! »

Je n'ai jamais rien compris à cette histoire de troulalère, troulaïtou. Qu'est-ce que Maud lui trouvait de si drôle pour en éclater de rire ? Mais plus le temps allait, moins je me sentais près d'elle.

Voici son histoire sur l'île comme elle me l'a racontée. Elle m'a dit :

- L'île était percée de partout, pleine de trous à moitié bouchés, sauf un seul très profond. Au fond, j'entendais le nègre chanter. J'ai eu beau crier, il n'a pas répondu. À la fin de la journée, enfin, le son de sa voix s'est rapproché. Je l'ai vu surgir, tirant sur une corde où était attaché un seau plein de terre.

Quand il m'a vue, pris d'une grande colère, il m'a crié :

- Es-tu Papoue ?

- Je ne sais pas.

- D'où sors-tu, pour ne même pas savoir si tu es Papoue ?

- Et toi ?

- Moi je suis nègre, troulalère, fils d'un autre nègre mon père, qui a creusé ici toute sa vie avant de mourir d'épuisement. Il est là, dans ce trou que j'ai bouché il y a bien longtemps, un trou qui va au centre de la terre, troulalère. Moi, bien sûr, je continue.

- Pourquoi ?

- Parce qu'il ne faut pas s'arrêter.

- Et tu feras des enfants pour continuer ?

- Cette galère, troulalère ? Dieu m'en garde ! Creuser toute sa vie, c'est bon pour les Papous ! Mais malheureusement, ils sont de l'autre côté de la terre, troulaïtou. Alors, pour les trouver, il faut que je creuse. Un jour, ils me remplaceront.

- Repose-toi !

- Me reposer ? Tu n'y penses pas ! Je suis sûr que de l'autre côté, un Papou creuse à ma rencontre. Si je veux m'arrêter, ce que je désire de tout mon cœur, il faut qu'il s'arrête aussi. Pour qu'il s'arrête, il faut bien que je le lui dise ! Et pour le lui dire, il faut creuser. C'est tout simple. Tout se tient sur cette terre, troulalère ! Pour s'arrêter, il faut continuer. Troulaïtou.

Après ce récit de Maud, j'ai été prise d'une migraine à me jeter tête baissée contre les rochers. Aïe, ma pauvre tête, avec toutes ces questions ! Comment pouvez-vous faire, vous les hommes pour répondre à tout sans devenir fous ?

Mon épouvantable migraine mit une nuit entière à passer. À l'aube, j'étais presque guérie quand Maud me dit :

- Écoute, Mob.

- Je ne peux pas ! Je n'en peux plus !

- Tu m'écouteras quand même. Juste avant de quitter l'île, le nègre m'a dit :

- En vérité, petite fille, c'est bien dommage que tu sois si petite. En vérité, ce que je cherche en creusant, ce n'est pas un Papou mais une Papoue.

- Une Papoue pour creuser ton trou ?

- Mais non ! Pour l'aimer !

- Qu'est-ce que c'est, aimer ?

- Tu ne le sais donc pas, à ton âge ?

- Ma baleine ne me l'a jamais dit.

- Avec ma Papoue, on s'aimera toute la vie, troulalère, on sera dans le même lit les mêmes nuits et on aura de beaux enfants moitié Papous moitié nègres, troulalère, qui ne creuseront plus de trou, laïtou !

- Ne m'avais-tu pas dit que tu n'en voulais pas, troulala ?

Le nègre s'est mis à rire.

- Dommage que tu ne sois pas juste un peu plus grande…

Et il a replongé dans son trou…

Alors, jamais tu ne me croiras, Jonas. Moi, Mob la pauvre baleine si lente à penser, j'ai crié :

- Laïtou !

Oui, j'ai crié et je ne reviens toujours pas de ma poussée d'intelligence, troulalère !

La petite a ri, et j'aurais été parfaitement heureuse si elle n'avait ajouté :

- Dis-moi, Mob, qu'est-ce que l'amour ?

Mon souffle de baleine en a été coupé. Au hasard, j'ai répondu :

- C'est beau.

Et Maud s'est remise à pleurer.

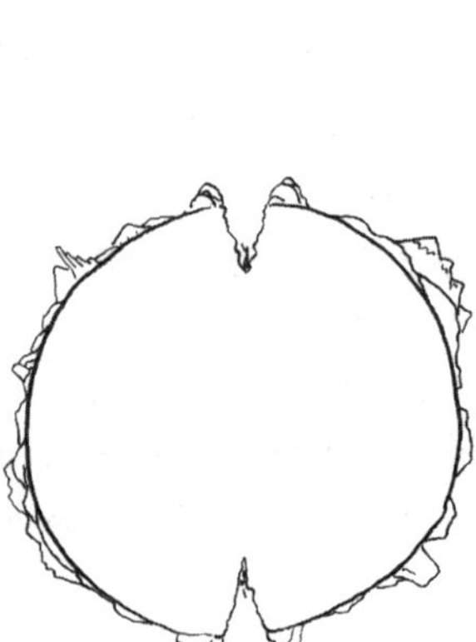

Chapitre 9

Dès ce moment, comme un poisson perd ses écailles, Maud a commencé à oublier le langage de l'univers. Au début, j'ai mis cela sur le compte de ma mauvaise ouïe, puis sur les baignades qui lui bouchaient les oreilles. Enfin, j'ai osé demander à Chiwi :

- Tu n'as rien remarqué chez Maud ?

- Si. Elle nous comprend de moins en moins.

- Je croyais que le langage de l'univers…

- Elle devient femme, ma vieille !...

Un jour, en surprise, Maud me cria à l'oreille :

- Je t'aime, toi aussi !

D'abord ragaillardie, je me remis à ruminer des pensées plus tristes :

- Si Maud commence à te parler d'amour, c'est qu'elle ne t'aime plus comme avant. Autrefois, nous n'avions pas besoin de nous le dire…

Nouvel événement : un matin, Chiwi ne revint pas de sa pêche. Je pensais qu'il avait dû faire une telle ventrée de sardines qu'il s'était arrêté sur un rocher pour digérer. Mais rien. Rien non plus les jours qui suivirent. Nous nous retrouvions seules Maud et moi, nous comprenant de moins en moins non seulement dans les mots mais même dans ce qu'ils disaient.

Et voilà qu'un soir, qu'est-ce que je vois arriver du large ? Notre oiseau, mais maigre, maigre comme un hareng passé par les crabes.

Cette histoire d'amour humain l'avait à ce point tourmenté qu'il avait décidé d'en avoir le cœur net. Il était donc parti visiter les ports et les villages pour espionner les hommes et les femmes. Il avait écouté les matelots et les filles, les marchandes de fleurs et celles de poissons. Bref, toute cette humanité qui traîne sur les quais à ne rien faire.

À force de circuler ici et là, de se poser dans les arbres et sur les murs, il avait trouvé quelque chose que les hommes appellent « mamours ». Et voici comment il l'expliqua à Maud :

- Sur les quais, les « mamoureux » et les « mamoureuses » sont assis sur la même chaise ou le même banc, ou bien ils se promènent en se tenant la main. Quand les « mamoureux » marchent, ils vont vite en roulant des épaules, tandis que les « mamoureuses » se dandinent comme une barque sur le port. Les « mamoureux » ont de gros rires alors que les « mamoureuses » ne rient point. Les uns et les autres, Dieu sait pourquoi, n'arrêtent pas de se frotter lèvres contre lèvres.

« - Dis-moi, Jonas ? Tu te vois faire des gestes aussi ridicules ? Et nous, les baleines, nous frotter les fanons ? »

Chiwi ajouta que, de temps en temps, les « mamoureuses » se mettent à grossir et disparaissent. Quand elles reviennent sur le port, elles ont un enfant sur les bras.

Je me mis en colère :

- Comment veux-tu que Maud me fasse un bébé dans le dos ? Il serait mangé la nuit par les crabes !

Aveugle, alors, comme je l'ai été ! À quoi rêvent les baleines ? À des baleines et des baleineaux ! À quoi rêvent les filles ? À des garçons et à des enfants !

Mais je me répétais : « Ici, Maud est choyée, aimée, elle a tout ce qu'il lui faut. Que deviendrait-elle dans des villes où elle ne connaîtrait personne et ne saurait même pas comment on parle ? »

Pour une fois, je demandai conseil à Chiwi. Je ne sais pourquoi, alors que j'étais toute prête à débarquer Maud sur une île habitée, ce fut à son tour de me contredire :

- Tu as bien vu qu'elle est revenue avec nous après le nègre ! On peut encore essayer, juste un petit coup, de la garder pour son bien. Si elle aime un garçon, elle sera comme une grande sotte. Il lui fera du mal et elle sera malheureuse. Il faut lui montrer la vérité : que l'amour ne marche pas souvent. Après, elle choisira ! Et puis elle est trop jeune, comme a dit le nègre. Il vaut mieux la laisser aller chez les hommes quand elle sera adulte ou même vieille.

Il m'avait déjà convaincue, mais il poussa encore plus loin :

- Tu connais l'île de la fiancée de neige ?

- Non.

- Eh bien, cap vers la mer froide !

Chiwi m'a guidée pendant plusieurs jours. Enfin, nous avons vu apparaître au loin une île glacée. Il faisait clair de lune. Sur la plage, une jeune fille dont tout le corps brillait d'un éclat extraordinaire, regardait, immobile, un garçon habillé en marin d'autrefois. Depuis combien de temps étaient-ils ainsi face à face? À voir les vêtements de l'homme, ça devait remonter aux temps des navires à rames!

Dès que le garçon nous vit, il eut peur pour la fille et pour la protéger, il s'approcha tout contre d'elle. Mais sous son souffle chaud, horreur, elle se mit à fondre! Le pauvre garçon revint vite en arrière. Cette fiancée n'était pas de chair, mais par quel mystère, elle était de neige.

Maud, à cette vue, plongea et gagna le rivage. Elle sortit de l'eau entre les deux jeunes et avança vers le garçon, mais aussitôt, la fille se mit à pleurer et à pousser des gémissements. Ses joues fondaient sous les larmes tièdes. Elle joignit les mains vers Maud pour la supplier de s'éloigner de son amour impossible et à notre grande surprise, Maud plongea et, revenant sur mon dos elle me demanda de gagner le large.

- Je voudrais fondre d'amour comme la fille.

Chiwi et moi avions enfin compris. Il était grand temps pour Maud de rejoindre les siens. Mais comment faire?

Chapitre 10

Maintenant, Jonas, tu dois m'écouter. M'écouter très fort !

Je m'étais échouée ici pour y mourir, mais en racontant cette histoire, je vois que je me suis encore trompée. En te parlant de Maud, j'ai retrouvé un peu de joie de vivre et un peu de sagesse. Ah, vraiment, quelle malchance de naître en reine de l'océan avec une tête qui ne marche pas assez vite !

Trop tard. La mer est au loin. Je suis trop lourde et épuisée pour la regagner. Ma dernière consolation, c'est toi. Dans ton livre, tu vas dire à Maud que je l'ai beaucoup aimée et qu'elle doit me pardonner.

Écris la fin de l'histoire :

Un jour aussi triste que les autres, un éclat violent venu du large nous éblouit. Nous passions en vue de l'île d'Or. Il arrive à des bateaux de s'échouer sur sa plage et tous croient qu'elle est d'un sable extraordinairement fin, alors qu'il s'agit d'or pur. C'est son éclat qui fait le malheur des navires. Éblouis comme nous venions de l'être, ils ne voient pas les barres d'écueils au large et viennent s'y briser. Ceux qui, plus habiles, réussissent à y descendre, n'y trouvant ni sources ni arbres, ont tôt fait de la quitter.

Ainsi Maud, émerveillée par la couleur des sables, me demanda d'aborder. Ses désirs étaient devenus si rares que j'y cédai aussitôt.

À peine sur la plage, elle se mit à gambader dans l'or, à en jeter des poignées dans l'air, à se rouler dedans jusqu'à devenir elle-même une statue d'or massif. Cette fois, mais ce fut la seule, j'ai cru comprendre ce que voulait dire « beau ».

Elle a couru après Chiwi et malgré ses piaulements d'horreur, l'a roulé dans la poudre jusqu'à ce que lui aussi devienne un oiseau d'or. Elle riait ! Elle riait ! Et moi j'étais si heureuse ! Un moment même, j'ai cru que tout allait reprendre entre nous comme avant. Je faisais des bonds de cachalot fou quand j'ai vu Maud se retourner vers le large et rester immobile, tandis que Chiwi lui criait d'aller se cacher derrière les rochers.

Un grand navire venait droit sur l'île, toutes voiles dehors. Il avait dû franchir, avec beaucoup de chance, la barre des écueils. Il amena la grand voile, jeta l'ancre et mit deux grandes barques à flot. Un coffre énorme remplissait à lui seul la seconde, remorquée par la première, où six matelots ramaient vivement vers la plage.

Leurs longues barbes pendaient sur leurs chemises sales et des bandeaux noirs barraient leurs fronts. Ils étaient ivres et criaient très fort, mais leur joie s'éteignit peu à peu quand ils crurent entendre la mer et les lames leur parler. Ils sautèrent à terre, et sans même tirer leurs barques à sec, débarquèrent le coffre. Ils en firent sortir un tout jeune homme assez bien vêtu et le forcèrent à creuser un grand trou dans le sable d'or. Celui-ci terminé, ils attachèrent le jeune homme par les chevilles et les poignets et le remirent dans la malle qu'ils enfouirent sous le sable. Puis, avant de partir, par moquerie, ils plantèrent la pelle sur le tas.

Tandis qu'ils faisaient force de rames vers le large, cette folle de Maud, au lieu de rester en lieu sûr, se précipita sur la plage et à grands coups de pelle, dégagea le coffre puis l'ouvrit.

Le garçon apparut. Ils se regardèrent longuement. Le jeune homme sortit de la malle une robe et la donna à Maud, qui ne comprenait rien à l'affaire, ayant toujours vécu complètement nue puis à peine couverte d'algues. Il dut lui enfiler lui-même la robe, et ils partirent d'un grand éclat de rire.

Comme un vent de mer glacial soufflait, ils remplirent le coffre de poudre d'or pour s'en faire une couche et le refermèrent sur eux et sur Chiwi qui avait trouvé très malin de se cacher là. Épuisés d'émotion et de fatigue, ils durent s'endormir car la marée montante souleva le coffre, sans qu'ils s'en rendent compte et le fit dériver vers le large.

Cette fois, Jonas, tu m'es témoin que j'ai bien fait. J'ai poussé le coffre toute la nuit vers les passes que je connais par cœur, je lui ai fait franchir les trois lignes d'écueils et je l'ai échoué sur une île où ne vivent que des braves gens qui n'ont jamais chassé la baleine.

Que veux-tu que j'ajoute ? Pour moi, cette histoire va se terminer avant la marée, sur cette plage, et je le regrette. Trop tard. Ce n'est pas la vie que je regrette, c'est encore Maud. J'aurais peut-être pu, avec un peu plus d'obstination, la retrouver. Mais je me sens vieille et fatiguée de tout.

Tu vas écrire pour finir :

« Qu'elle me pardonne. J'avais voulu la garder pour moi toute seule. C'est la tentation de beaucoup de mères chez vous, n'est-ce pas ? Si ton livre est lu chez les hommes, Maud apprendra que je l'ai beaucoup aimée.

Maintenant, va-t-en. Laisse-moi en paix. Les baleines n'aiment pas qu'on assiste à leurs derniers moments. Je vois que tu as laissé ta lumière allumée là-haut dans ta chambre. Va l'éteindre en attendant que le jour se lève.

Adieu, l'homme ! »

Chapitre 11

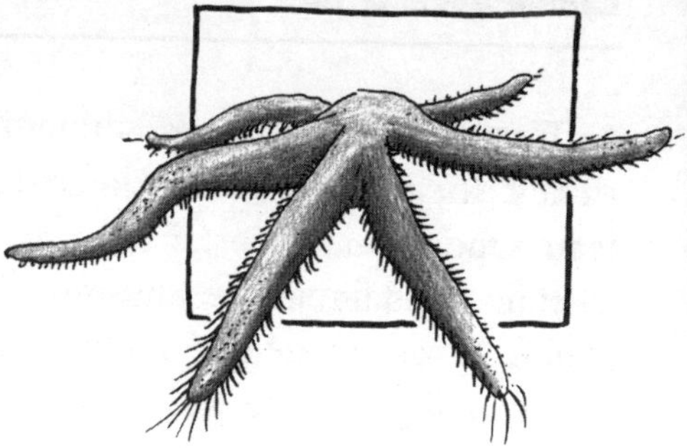

Et moi, Jonas, j'ai obéi sans un mot. Que dire à une baleine qui se laisse mourir ? Mais plus je m'éloignais de sa forme immobile, plus je rentrais dans notre monde ordinaire. Le vent ne me glissait plus un seul mot à l'oreille, les étoiles devenaient des lumières très sottes. Je me sentais malheureux comme un enfant qui, d'un coup, vient de perdre tous ses jouets.

Sitôt dans ma chambre, je me suis assis devant ma feuille blanche, sans pouvoir aligner un mot. Je n'ai même pas eu le courage de recopier ce que tant bien que mal j'avais écrit sur le dos de Mob.

Toutes mes pensées étaient pour cette petite Maud que je n'avais jamais vue et que je connaissais comme ma propre fille. Je la rêvais épousant son compagnon de malle flottante. Avec leur coffre de poudre d'or, ils seraient devenus très riches. Ils auraient acheté un bateau ou un château. Que sais-je encore ?

Puis soudain je me disais : « Mon pauvre Jonas, tu as dû délirer toute la nuit avec une fièvre maligne et te voilà tout bêtement guéri sans baleine et sans Maud. »

J'écartai les rideaux, mais la grande ombre de la baleine mourante restait toujours là, devant l'auberge, sur la plage déserte. Je finis par m'endormir, d'angoisse autant que d'épuisement.

Chapitre 12

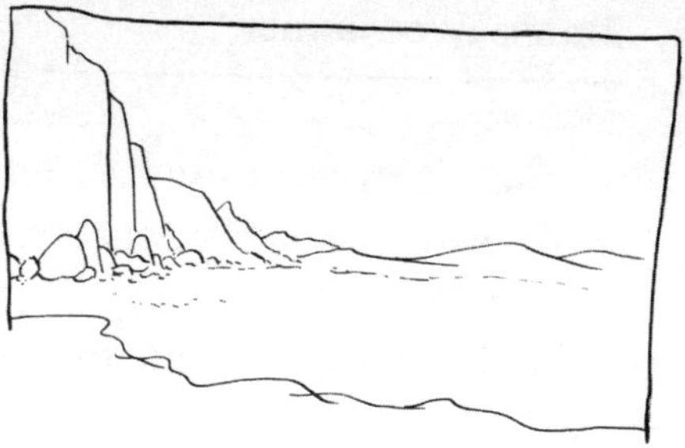

Quand je m'éveillai en sursaut, le soleil cognait en plein sur mon visage et je gisais tout habillé à même le plancher, sur un tas de feuilles remplies de mon écriture. J'entendais les marins discuter vivement sur la plage, sans doute de la façon de découper le gigantesque tas de viande avant qu'il n'empeste la région.

J'ai descendu l'escalier d'un pas mal assuré.

Dans la grande salle de l'auberge régnait un silence inaccoutumé. La patronne rôdait entre ses bancs où les buveurs entrecoupaient leurs chuchotements de haussements d'épaule. Je m'installai à ma table en attendant mon déjeuner mais l'aubergiste devait avoir la tête ailleurs. Elle me fit patienter jusqu'à ce que tous soient sortis.

- On a bien dormi ? demanda-t-elle.

- Très mal et très peu.

- Ici, personne n'est sûr d'être bien réveillé. Je crois même qu'on rêve encore.

- Pourquoi ?

- Vous n'allez pas me dire que vous ne savez pas !

- Que voulez-vous que je sache, je sors du lit.

- Allez donc voir la plage.

- Pourquoi ?

- Allez-y !

J'ai poussé la porte et j'ai vu.

La plage était vide, et vide tout le bord de mer.

- Qu'est-ce que vous en pensez, vous qui avez plus d'un tour dans votre sac ? dit-elle.

- Ce que je vois est tout simplement impossible !

- Voilà un homme sensé ! En tout cas plus sensé que le petit Peterson. Savez-vous ce qu'il crie partout, ce bandit ? Juste avant l'aube, il aurait vu, de ses yeux d'enfant vu, et il est prêt à s'en faire couper les oreilles, un grand voilier se présenter devant la plage, à la limite de l'échouage. Ses matelots ont envoyé une barque avec une grosse corde de chanvre, ils en ont fait un tour mort autour de la queue de notre baleine et l'autre bout, ils l'ont arrimé au mât de leur navire. Ceci fait, ils ont mis toutes voiles dehors. La corde s'est tendue en traînant la bête sur les galets. Il paraît qu'elle vivait encore quand elle est arrivée en eau profonde. Qu'est-ce que vous pensez de cette histoire ?

- Je pense comme vous que les enfants ont beaucoup d'imagination.

- Bien plus encore que vous ne pensez ! Quand ce monstre vivant a été tiré tout contre le navire, ce garnement de Petersen jure par tous les saints qu'une belle jeune fille blonde et un vieil oiseau de mer ont sauté sur son dos.

Ma brave aubergiste a regagné sa cuisine où je l'entendais encore rire tandis que je pleurais bêtement, mon plein bol de café renversé sur la nappe.

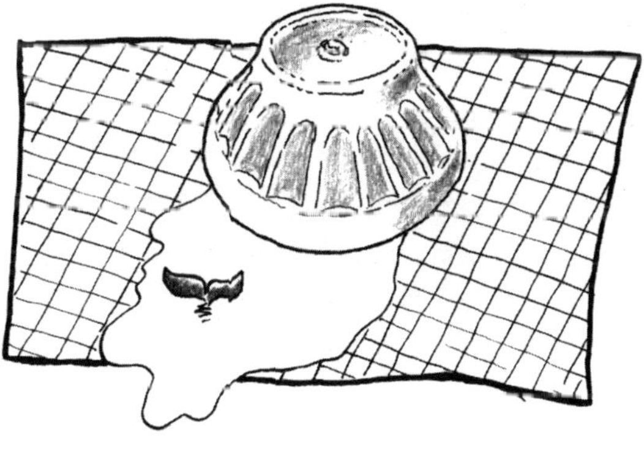

2

La folle aux mouettes

Chapitre I

Si vous débarquez sur la plage de la baie des Trépassés, tout au bout de la Bretagne, vous verrez sur la falaise qui la domine un rocher aux formes bizarres, autour duquel, du matin au soir, tournent des vols de mouettes. Mais si vous l'approchez par l'ancien sentier abandonné aux ronces, vous vous apercevrez vite dc votre erreur. Ce que vous aviez pris pour un rocher ne sont que les ruines d'un petit manoir, royaume des orties et des chouettes.

La légende veut que ces mouettes soient les âmes des noyés de tous les naufrages du raz de Sein, et Dieu sait s'ils sont nombreux à avoir coulé en ce lieu de malheur, au milieu des écueils et des courants ! La mer, après les avoir gardés quelques jours, les dépose tous sur la plage des Trépassés.

Avant la guerre vivaient dans ce château un veuf et sa fille. Lui se nommait Brénéol, elle s'appelait Divine.

Il avait un drôle de métier, ce Brénéol, un métier maintenant presque disparu. Il était poète. Sa fille rêvait autant que lui mais au lieu de confier ses songes au papier, elle les confiait au ciel. Pas au ciel du Bon Dieu ! Seulement au ciel breton où ses confidentes étaient les mouettes.

La lampe du père s'allumait la nuit, face aux landes infiniment battues par le vent. Jamais il n'avait pu écrire face à la mer. Ses mouvements perpétuels, le tonnerre de ses lames le gênaient. Les vagues, que l'océan traçait sans effort, l'une derrière l'autre, lui rappelaient ces lignes de mots qu'il alignait à grand peine ! Bref, il jalousait la mer.

Divine, elle, ne pouvait vivre que face au large. Son rare bonheur était ces mouettes qui tournoyaient avant de piquer d'un trait dans les eaux profondes pour jaillir un peu plus loin, un poisson dans le bec.

Elle reconnaissait tous leurs cris. Mieux, elle les comprenait. Elle savait distinguer les amours de la colère, la panique ou la joie de voler dans les grands espaces libres, sous le soleil.

Le manoir était à l'image des deux êtres qui l'habitaient, avec ses deux tours étroites et étranges, dont les meurtrières fixaient les écueils et dont les créneaux semblaient une mâchoire tendue vers la mer. Des dents bien inoffensives qui ne servaient à rien sauf à s'y appuyer, le soir, en regardant le soleil se fondre au loin dans la mer.

Juste avant que ne sonnent les douze coups de midi et ceux de six heures, les mouettes commençaient à tournoyer au-dessus de la terrasse. Dès que l'horloge avait frappé son dernier coup, Divine sortait du donjon. Elle jetait des sardines à la volée sur sa terrasse, avec le geste paisible du semeur.

Poussés par quel instinct les oiseaux se rassemblaient-ils sur le château, juste avant que sonne l'heure ? Ce mystère leur appartenait et nul ne le saura jamais. Ni Divine ni sans doute eux-mêmes.

Les mouettes se posaient d'un trait, comme si la terrasse de granit eût été la mer, et repartaient aussitôt, leur poisson au bec. Tous les jours, au lieu de plonger en plein ciel pour rejoindre la mer, l'un des oiseaux venait se poser sur l'épaule de Divine. C'était un rite et les rites ne demandent jamais d'explication. La mouette et la fille se regardaient. Divine souriait tandis que l'autre se contentait de la fixer de son œil jaune. Puis le grand oiseau blanc rejoignait les autres. Au grand large, personne ne l'aurait distingué dans leurs vols.

Divine avait toujours été une enfant maladive, toussant sans cesse et passant parfois ses longues journées d'hiver au lit, en attendant que sa fièvre s'apaise, tandis que la mer se déchaînait sur la plage. Le médecin disait que le vent marin salé qui s'engouffre sans arrêt dans cette baie des Trépassés lui brûlait lentement les poumons.

Dans sa chambre s'étalait un bric-à-brac de tout ce que l'océan peut rejeter de plus étrange : têtes de poupées sans corps, mystérieux flacons au parfum depuis longtemps évaporé, boules de verre des filets et crins de pêche entremêlés en pelotes jaunes.

Elle inventait une histoire à chaque épave. La tête de la poupée avait été adoptée par un bagnard, de l'autre côté de l'Atlantique, parce qu'elle lui rappelait sa petite fille. Un jour, un gardien brutal lui avait arraché sa poupée et l'avait jetée dans la mer du haut de la falaise. Mais le bagnard s'était aussitôt précipité dans le vide pour ne pas en être séparé. À cette histoire comme aux autres, elle ajoutait chaque fois un nouveau détail. Mais l'histoire préférée de Divine était celle-ci :

Une fois, un petit bateau de pêche avait traversé le courant terrible du raz de Sein avec un jeune mousse pour le conduire. Le jeune homme s'appelait Le Guillou. Il était tellement beau que les mouettes s'étaient posées sur le mât pour le regarder et l'écouter chanter *Les marins de Groix*. Émerveillé par toutes leurs glissades dans le vent, il en avait oublié de gouverner. Son petit bateau s'était fracassé sur un énorme écueil en plein courant.

Le jeune homme était bon nageur. Il avait réussi à flotter jusque sur l'écueil puis à se hisser à son sommet pour se protéger des plus fortes lames. Une tempête de trois jours - parfois Divine en inventait dix dans sa tête - s'était abattue sur toute la côte. Mais les mouettes n'avaient pas abandonné leur beau chanteur. Malgré le vent furieux elles avaient tourné sans cesse au-dessus du rocher pour lui tenir compagnie.

Quand l'océan s'était enfin apaisé, personne de la côte n'aurait eu l'idée de le rechercher là, au plus mauvais des passes. On était tellement sûr qu'il s'était noyé qu'on n'aurait même pas mis à la mer le bateau de sauvetage. Par quel miracle un humain serait-il sorti vivant de cet océan déchaîné ? Ne disait-on pas : « Qui voit Sein voit sa fin »?

Mais le vol obstiné des mouettes au-dessus de l'écueil avait attiré l'attention d'un pêcheur.

- Dis donc, Jos, regarde un peu les oiseaux ! On dirait qu'ils sont sur un banc de poisson !

- Mais non, Guillaume, il n'y a pas de poisson par là-bas. C'est en plein dans les mauvaises passes.

- Il y a peut-être eu un naufrage.

- Il y aurait des débris sur la mer.

- Il me semble que je vois comme un drap qui s'agite !

- C'est peut-être quelqu'un qui a passé sa nuit de noces sur le rocher pour se faire peur !

- Plaisante pas et nage droit dessus. On verra bien.

Et Le Guillou avait été sauvé par les oiseaux. Quand Divine achevait de se raconter ce récit dans sa tête, de vraies larmes coulaient sur ses joues.

À quinze ans, tel était donc son rêve préféré.

À dix-sept ans, il changea un peu. Divine était devenue la fiancée du marin naufragé. Une fiancée si désespérée qu'elle avait envie de se jeter dans la mer pour le rejoindre. Elle était allée à l'église d'Esquibien pour promettre à la vierge des naufragés que, si elle lui rendait son fiancé, elle récompenserait le ciel en jetant des sardines aux mouettes tous les jours de sa vie.

À dix-neuf ans, comme si cette histoire était « vraiment vraie », Divine jetait toujours des sardines sur sa terrasse et les mouettes le savaient. Le fiancé, hélas, manquait encore, la mauvaise santé de Divine ne lui permettant pas de descendre aux bals. Dans les contes, on trouve toujours un jeune homme pour monter vers les châteaux faire la conquête d'une belle, mais les rudes gars du pays ne connaissaient pas les contes. Ils restaient au village et se moquaient bien de Divine, de son poète et de ses mouettes.

Chapitre II

Comme Divine allait sur ses vingt ans, la guerre embrasa toute l'Europe. Plus question de jeter des sardines aux oiseaux quand on avait toutes les peines à trouver de quoi manger. Comme poissons et oiseaux de mer n'étaient pas en guerre, ils se débrouillèrent sans Divine, mais chose étonnante, les mouettes continuèrent à se poser aux mêmes heures sur sa terrasse. Elles sautillaient et se chamaillaient un long moment sur les dalles de granit avant de reprendre le large.

L'une d'elles, suivant la tradition, venait encore se poser sur l'épaule de la jeune fille. Chose encore plus étrange quand on connaît les appels perçants de ces oiseaux, tant qu'ils tournaient autour du manoir, ils ne poussaient plus un cri.

Brénéol tenta d'expliquer à sa fille que, dans

un tout petit endroit du cerveau de ces oiseaux, l'habitude de venir au château s'était fixée. Ils continuaient à venir pour les poissons sans les poissons, comme celui qui a cessé de fumer sort à tout moment une pipe imaginaire de sa poche.

Divine pensa que si son père était sûrement un grand poète avec ses mots, il ne comprendrait jamais rien aux mouettes. Elle continua à tousser, à rêver, et à sortir sur sa terrasse à midi et à six heures. Sa maladie touchait autant ses poumons que son âme.

Pendant ce temps, sur toutes les mers, on se battait, on se tuait. Les torpilles envoyaient par le fond, avec les bateaux, des milliers de matelots, des Le Guillou malchanceux dont la mer rejetait les corps sur la plage des Trépassés, devant le manoir.

Brénéol ne publiait plus ses poèmes. Il les empilait dans ses tiroirs. Les éditeurs, craignant la colère des Allemands, n'osaient rien imprimer qui puisse leur déplaire. Or, la poésie de Brénéol continuait à chanter la liberté.

S'il s'était arrêté d'écrire, ou s'il s'était forcé à écrire pour faire plaisir à l'ennemi, il en serait mort.

Divine avait de plus en plus de peine à trouver

des médicaments. Elle n'allait donc pas mieux. De toute façon, en ce temps-là, la tuberculose qui mangeait ses poumons n'avait pas encore de traitement. Ce qui la faisait vivre, c'était tout ce que sa tête pouvait imaginer de beau et de bon. Heureusement ceux qu'elle aimait, les oiseaux du ciel et le poète de la terre se moquaient encore de la guerre.

Chapitre III

Leur bonheur se brisa un jour de juillet 1943. Divine vit monter vers le château, à travers la lande, un grand camion bâché. En descendirent une dizaine de soldats aux uniformes verts et trois hommes en civil. Comme on ne leur ouvrait pas assez vite, ils défoncèrent la porte et se répandirent dans toutes les pièces. Divine et son père furent enfermés dans la souillarde sans explication. De là, ils pouvaient entendre les brutes briser les portes et faire éclater les parquets.

Au bout d'une heure, ils libérèrent le père et sa fille, mais malgré les cris de Divine, Brénéol fut embarqué dans le camion, qui fonça aussitôt sur la route.

Divine était sûre que son père ne pouvait rien avoir fait de mal. Il ne sortait presque jamais et s'il quittait le manoir, c'était pour flâner des heures sur la plage. Aussi, le camion à peine disparu, courut-elle au village, droit à la gendarmerie pour savoir ce qui se passait. On ne savait pas. Personne n'était au courant. On faisait semblant de tout ignorer, pour ne pas avoir d'histoires.

Un vieux pêcheur, ami du poète, fut plus courageux.

- Les Allemands pensent que ton père est un espion qui, chaque nuit, fait des signaux lumineux vers le large pour informer les sous-marins anglais.

- Nous n'avons rien pour faire des signaux !

- C'est vrai. Les Allemands n'ont rien trouvé chez vous, mais quelqu'un vous avait dénoncé.

- Nous n'avons pas d'ennemis.

- Pendant une guerre, tout le monde peut devenir ton ennemi.

- Il a menti. Qui a menti ?

- Un marin.

- Je veux aller le voir.

- N'y va pas. Tout va s'arranger.

- C'est un de Plogoff ?

- Je ne sais pas.

- Mais mon père ne faisait que de la poésie !

- Pour les soldats, la poésie cache toujours quelque chose.

Les Allemands revinrent à l'improviste quelques jours plus tard, cette fois en pleine nuit. La fouille recommença. Bien entendu, ils ne purent rien trouver. On fit sortir Divine et bientôt, des flammes jaillirent de toutes les fenêtres.

Elle se tordait les mains en criant :

- Pourquoi ? Pourquoi ?

Le spectacle de ce château qui brûlait en pleine nuit en éclairant des centaines d'oiseaux attirés par ses lueurs rouges était affolant. Les mouettes plongeaient dans la fumée comme dans une mer démontée et jaillissaient plus loin en rangs serrés.

Qu'elles étaient loin, les douces histoires de naufragés sauvés par des oiseaux de mer !

On enferma Divine dans une cave, sans boire ni manger, ce qui, avec sa santé fragile, aurait pu la tuer, si le désespoir s'en était mêlé. Mais elle voulait vivre, même sans château, pour retrouver son père et ses oiseaux. Elle se savait innocente et le répétait doucement, sans cesse, dès qu'on venait l'interroger. Quand tout allait trop mal, elle s'accroupissait dans un coin de la cave et prenait refuge en elle-même en se racontant des histoires. Elle les imaginait si fortes qu'elle finissait par les croire plus vraies que ce monde brutal. Il lui arrivait d'entendre des cris de mouettes dans sa cave,

parfois même d'en sentir une sur son épaule. Ainsi, elle n'était jamais seule et résistait à tous les mauvais traitements.

Comme ils ne pouvaient en tirer aucun aveu, aussi brusquement qu'ils l'avaient enfermée, ses gardiens la jetèrent à la rue. On lui fit signer un papier disant que si elle s'approchait à moins de vingt kilomètres de la côte, elle serait emprisonnée, cette fois pour toute sa vie.

Comme tout avait brûlé au château, Divine se retrouva sans ressource pour se loger et pour manger. Des amis du poète se cotisèrent pour lui assurer la très petite rente qui lui permettrait de trouver un toit des plus modestes et de ne pas mourir de faim.

On dégagea pour elle, sur la terrasse d'un grand immeuble au centre de Rennes, deux pièces minuscules pour lui servir de chambre et de cuisine. Elle chercha du travail mais personne ne voulait d'elle à cause de sa santé et de ses yeux étranges. On la sentait loin, trop loin de tout. Si personne ne lui adressait la parole, elle ne parlait pas. On aurait dit un de ces oiseaux migrateurs qui planent au-dessus des terres sans s'y intéresser.

De son refuge, elle entendait les rumeurs de la ville et les bruits de ceux qui, au-dessous, chantaient ou se disputaient sur les balcons. Les enfants qui couraient dans les escaliers ne montaient jamais sur la terrasse, par crainte de « la folle du haut », comme on appelait désormais Divine.

Tous auraient continué à l'ignorer si une nuit elle ne s'était mise à réciter les poèmes de son père, qu'elle savait par cœur. Tant qu'elle les dirait, son père l'entendrait, qu'il soit au ciel ou sur la terre. Elle n'avait pas tout à fait tort. Un poète ne meurt vraiment qu'au moment où un dernier homme dit de lui un dernier poème.

Au début, elle ne gêna personne. Elle récitait à voix basse. Puis elle le fit de plus en plus fort, comme pour témoigner de l'injustice, devant le ciel et les étoiles. Était-elle vraiment folle ? Tout dépend de ce qu'on appelle « folie ».

Pour ceux de son immeuble, elle l'était à coup sûr. Ils finirent par s'en plaindre au concierge. On lui demanda d'obliger Divine à se taire. Le brave homme refusa quelque temps, puis il fallut bien qu'il s'exécute. On le payait pour que « le bon ordre » règne, n'est-ce pas ?

- Mademoiselle, tous se plaignent du bruit que vous faites là-haut. Il paraît que vous criez…

- Mais ce n'est pas du bruit.

- Disons… de votre musique.

- Mais je ne fais pas de musique.

- De vos genres de chansons, si vous préférez.

- Je ne chante pas non plus. Je dis les poèmes de mon père.

- Vous pourricz lc fairc chcz vous.

- Chez moi, il ne m'entendrait pas.

- Où cst-il donc ?

- Je ne sais pas. Les Allemands l'ont emmené il y a quelques années et il n'est pas revenu.

- La guerre est finie.

- Il reviendra peut-être.

- Bien sûr. Il faut espérer. Il y a parfois des miracles.

- Il faut les aider.

- C'est vrai. Moi, je n'en ai jamais vus.

- Vous ne savez pas regarder.

- Il faudra m'en faire un jour un tout petit pour moi tout seul… En attendant, tâchez de dire vos poèmes le plus doucement possible.

- Mais les gens font beaucoup plus de bruit avec leur radio !

- Ce n'est pas la même chose. Eux, c'est …normal. Ils disent que vous criez des formules magiques qui portent malheur.

- Quel malheur ?

- Ils vous accusent d'avoir voulu l'accident du petit de l'entresol.

- Je ne sais même pas qu'il a eu un accident.

- Promettez-moi de réciter vos histoires plus doucement et tout ira bien.

Divine promit tout ce qu'on voulait. Elle commençait par murmurer les poèmes de Brénéol, mais dès qu'elle pensait à son père, adieu les voisins ! Elle se remettait à parler très haut.

On lui envoya, pour la raisonner, le vieil ami de son père, celui qui payait son loyer.

- C'est bien, dit-il, de garder vivant le souvenir du poète. Sais-tu qu'il devient célèbre à Paris depuis que la guerre est finie ?

- Ça m'est égal.

- Si les mauvaises langues de cet immeuble finissent par te jeter à la rue, je ne sais pas comment je pourrai trouver à te loger ailleurs. Tu sais, je ne suis pas très riche… Va donc dire tes poèmes dans un parc ! Ton père aimerait tant ça !

- Si mon père est au ciel, il faut bien que je parle au ciel !

- Ce ciel-là est partout.

- Mon père est dans celui des oiseaux.

Le vieil ami descendit voir le concierge, qui répondit :

- Je vous promets de faire tout ce que je pourrai pour éviter des ennuis à cette jeunesse, mais je ne suis pas le patron. Heureusement, vous payez régulièrement son loyer. Ceux qui crient très fort feraient mieux de me régler leurs dettes. Patience. Ses voisins finiront par s'habituer…

Les voisins ne s'habituèrent pas. Ils décidèrent d'obliger Divine à partir en lui empoisonnant l'existencc.

Son électricité fut souvent coupée, sous prétexte de réparations imaginaires. Ellc s'éclaira aux bougies et trouva ce moyen moins cher et plus joli.

Ils s'amusèrent à la bloquer dans l'ascenseur et

à l'abandonner là de longs moments. Elle ne prit plus que les escaliers.

On ne lui adressa plus la parole. Mais ce silence lui plaisait. Quand elle passait devant la loge, le concierge lui faisait un clin d'œil auquel elle répondait par un autre clin d'œil. Ce signe d'amitié lui suffisait pour la journée. La nuit, elle parlait aux étoiles.

On trouva un meilleur moyen de lui rendre la vie impossible en enfermant un poste de radio dans un réduit, contre la cloison de sa chambre. Dès qu'ils entendaient Divine parler, ils faisaient brailler le poste à tue-tête.

Cette fois, Divine devrait se taire ou s'en aller.

Chapitre IV

Elle aurait fini par s'y résigner si un soir, alors qu'elle collait ses mains contre ses oreilles pour ne plus entendre l'affreuse musique, elle n'avait vu une ombre furtive passer devant sa lucarne. Elle se précipita pour l'ouvrir. Personne. La terrasse elle-même était vide. L'intrus avait dû fuir au pas de course.

Le lendemain, même apparition, mais impossible d'apercevoir le mauvais plaisant qui préparait contre elle un nouveau tour.

Pour mieux le surprendre, elle se cacha devant la lucarne et prit patience. À peine la forme parut-elle, qu'elle ouvrit d'un coup, et recula, stupéfaite. Sur l'encadrement, une grande mouette la regardait de son œil rond.

Cette fois, Divine se crut vraiment folle. De mémoire d'homme, personne n'avait jamais vu de mouette si loin à l'intérieur des terres. Doucement, doucement, Divine, recula vers sa cuisine pour trouver un biscuit. Elle le tendrait à l'oiseau et verrait bien s'il était vivant ou s'il n'était qu'un fantasme. Mais quand elle se retourna, plus de mouette.

Le lendemain, elle reprit son poste devant sa lucarne en suppliant de toutes ses forces que le songe revienne. Elle en rêva si fort qu'elle s'endormit. Quand elle s'éveilla en sursaut, la lucarne était vide mais un oiseau s'était perché sur son épaule, comme au temps du manoir. Cette fois, plus de doute. Elle sentait ses griffes sur sa peau, et reconnaissait son odeur d'oiseau de mer.

Soudain, la mouette s'envola. Divine se précipita sur la terrasse pour la voir partir à tire-d'aile en direction de la mer. Elle allait rentrer quand au plus profond du ciel, un nuage étrange se forma. Un quart d'heure n'était pas passé qu'une nuée de mouettes, dans un vacarme d'ailes et de cris perçants, fit sauter tout le monde hors du lit. Les oiseaux, après avoir tournoyé autour du pâté de maisons, fondirent sur les balcons de l'immeuble de Divine. Tous les linges mis à sécher et tout ce qui traînait partit dans les airs. Personne n'osait sortir. Les gens avaient refermé précipitamment

baies vitrées et fenêtres. Une telle furie avait gagné le ciel que Divine elle-même en prit peur et s'enferma chez elle.

À minuit, comme la lune se montrait, le vol de mouettes piqua vers l'horizon et disparut comme il était venu. Pas le moindre dégât chez Divine qui, heureusement, n'avait rien laissé traîner dehors et avait bien bloqué sa porte, mais sur tous les balcons, c'était la panique. De tout ce qui pendait aux fils, de tout ce qu'on avait posé par terre, rien n'était resté. On retrouva bien quelques linges sur les arbres du voisinage, mais chaussures, jouets, chaussettes, tout avait disparu.

Divine connaissait bien ces oiseaux, qu'elle aimait par-dessus tout. Jamais elle ne les aurait crus capables d'une telle violence. Le lendemain, tous les journaux parlèrent en première page de cette mystérieuse invasion. On accusa une mauvaise marée, la pleine lune, les chaleurs qui décimaient les poissons. Personne ne sut expliquer pourquoi les bêtes s'en étaient pris à un seul immeuble d'une ville qui en comptait des milliers.

Les nuits qui suivirent, personne à Rennes ne laissa rien traîner. Portes et fenêtres restèrent verrouillées. Du coup, on oublia la « folle du haut » et ses manigances. Le poste de radio cessa de hurler quand elle disait ses poèmes devant la nuit.

Divine put enfin jouir d'une paix retrouvée. Cette étrange attaque des oiseaux de mer la fit seulement rêver avec nostalgie aux heureux temps où de douces mouettes venaient la retrouver sur la terrasse du manoir, là-bas, au bord de la plage, dans le silence et dans la paix, et parfois venaient se poser sur son épaule…

Chapitre V

La ville oublia vite l'invasion des mouettes et la vie reprit son train-train, avec ses bons et ses mauvais jours. Un soir, la radio se remit à hurler pour couvrir la voix de Divine. C'était chose facile, tant avec la maladie, elle était devenue faible. Son calvaire allait comme avant.

Mais cette même nuit, alors que la radio criait et que Divine somnolait dans son lit, elle eut l'impression désagréable qu'on l'observait. Elle ouvrit les yeux mais la lucarne était vide. Elle alluma sa bougie, et quelle ne fut pas sa stupéfaction de voir, posé sur sa table un grand oiseau blanc, le même, peut-être, qui était déjà venu la visiter. Il sautilla comme chez lui dans la cuisine, prit un morceau de pain qui traînait, sauta par la lucarne et s'envola.

Divine était tellement épuisée qu'elle s'endormit

aussitôt. Le matin, elle s'éveilla sûre et certaine de n'avoir fait qu'un beau rêve.

Mais à midi, comme elle faisait son marché sur la place, une ombre, bientôt suivie d'un grand vacarme s'abattit sur le quartier. Cette fois, personne n'eut le temps de fermer portes et fenêtres. On se mit à l'abri comme on pouvait, qui dans un réduit, qui dans les cabinets. Les mouettes entraient partout. Si la première fois on avait pu parler de leur colère, cette fois, c'était de leur rage. Elles brisaient tout dans les appartements : bibelots, lampes et ampoules électriques, tout y passait. Aucune glace, aucun poste de radio n'en réchappa.

Les pompiers, alertés par les sirènes, essayèrent d'effrayer les oiseaux en tirant des pétards, mais ils finirent eux-mêmes par se réfugier dans leurs véhicules.

Quand les oiseaux partirent, ils n'avaient molesté personne, mais brisé et déchiré tout ce que leurs becs avaient pu atteindre.

Divine remonta péniblement les escaliers en traînant son sac vers sa terrasse. Certains lui lançaient :

- Toi aussi, tu as laissé tout ouvert ! Tu vas voir ce que tu vas trouver chez toi ! Au lieu de réciter tes prières magiques, hier soir, tu aurais mieux fait de t'enfermer !

Dès qu'elle déboucha sur sa terrasse, Divine resta sans voix. Son linge, intact, balançait tranquillement au vent. Elle courut vers sa chambrette. Tout était aussi propre et bien rangé qu'elle l'avait laissé. Elle se jeta sur son lit pour pleurer de bonheur. Ce n'étaient pas « des » mouettes qui étaient venues en visite, mais « ses » mouettes de la baie. Dieu sait le temps qu'elles avaient mis pour enfin la retrouver, et comment elles s'y étaient prises ? Ainsi, sans qu'elle s'en doute le moins du monde, ses oiseaux n'avaient jamais cessé de la protéger. La malveillance des voisins avait déclenché leur fureur. Si tout était brisé chez eux et rien chez Divine, ce n'était pas par hasard.

Malgré sa misère, ses mouettes l'aimaient toujours. Qui sait si Brénéol, du haut du ciel, ne les avait pas guidées ? Le cœur de Divine se mit à cogner très fort dans sa poitrine.

Elle en était là quand elle entendit un pas traverser la terrasse. Le concierge faisait le tour de tous les appartements pour constater les dégâts. Il terminait par celui de Divine, le plus haut.

- Tu en as de la chance, dit-il, d'avoir pensé à refermer portes et fenêtres.

- Je laisse toujours tout ouvert. Je n'ai plus rien à voler.

- Tu n'as pas besoin de mentir avec moi. Tu as dû réciter tes poèmes aux oiseaux pour les amadouer ?

- Je ne sais pas parler aux oiseaux.

- Je ne comprends rien à ces attaques de mouettes, mais je suis certain que tu avais tout fermé !

- Moi non plus, je n'y comprends rien, répondit Divine.

Cette fois, elle mentait.

- Quand on est un peu tête en l'air comme toi, on peut boucler sa porte sans s'en rendre compte…

Le concierge redescendit, pensif. À chaque palier, on l'attendait :

- Alors, comment c'est, chez la folle du haut ?

- Pas de casse. Elle avait tout fermé.

- C'est faux ! C'était grand ouvert ! On l'a bien vu de la rue !

- Non, non. Je vous assure, tout était bien fermé.

- Il n'y a de chance que pour les fous. Chez nous, ces sales bêtes ont déchiré mes photos de famille !

- Et chez moi, les édredons. J'ai de la plume partout !

- Ça n'est rien à côté de ma salle à manger. Elles ont crevé le cuir de tous les sièges. Une fortune !

Une idée vint soudain à l'esprit du concierge. Il remonta quatre à quatre sur la terrasse, où Divine rentrait son linge.

- Tu avais laissé ta lessive dehors ?
- Oui.
- Sur les fils ?
- Bien sûr.
- Tu aimes les mouettes ?
- Oui.
- On dirait qu'elles t'aiment aussi.
- Heureusement.

Le concierge, en grand secret, fit part de sa découverte à sa vieille amie et voisine, qui en souffla deux mots au professeur du premier, et l'histoire fabuleuse de Divine miraculeusement protégée finit par tomber dans l'oreille d'un brillant guérisseur-magnétiseur du cinquième étage.

Son explication - dont il était sûr - fut que « la folle aux mouettes » avait un pouvoir magique sur les oiseaux. Ce qu'elle criait sur sa terrasse, la nuit, attirait les mouettes et les ensorcelait. Comme les gens de son immeuble lui avaient interdit de communiquer avec ses mouettes, celles-ci se vengeaient en se jetant sur eux.

Si on ne voulait pas qu'elles reviennent, il faudrait désormais laisser Divine vivre en paix et parler tant qu'elle voudrait sur sa terrasse.

Ce qui fut fait.

Chapitre VI

Les mois qui suivirent, on l'ignora. Elle put parler sur la terrasse comme et quand bon lui semblait.

Malheureusement, après tant de misères, la santé de Divine avait continué à se dégrader. Elle toussait nuit et jour et ne quittait son lit que pour acheter son pain et son lait. Heureusement, grâce à la crainte qu'elle inspirait, personne ne se serait avisé de lui interdire l'ascenseur.

Dire les poèmes de son père était sa seule occupation. La guerre était loin. Elle savait qu'il ne reviendrait jamais. Mais quand on trouve le monde trop triste et trop noir, il arrive que soudain, quand on n'en espère plus, il s'éclaire.

Au dernier étage, juste au-dessous de la terrasse où vivait Divine, habitait un garçon d'une quinzaine d'années. Il n'avait pour famille que sa mère et se nommait Gaël. Son père les avait quittés depuis longtemps. Comme sa maman travaillait dans un cinéma, Gaël restait seul très tard chaque nuit. Il avait peur, sans le dire à personne. À qui se serait-il confié ?

Plutôt que d'entendre, à travers les cloisons, les autres jeunes rire et s'amuser, il descendait dans la rue, et là, le garçon timide se changeait en voleur et en casseur. Il barbouillait les murs de tout ce qu'il ne pouvait pas dire.

Les parents unanimes interdirent à leurs enfants cette « mauvaise fréquentation ». Personne ne fut autorisé à monter chez lui, et à plus forte raison à courir avec lui dans les rues du quartier. Gaël, d'ailleurs, ne tenait pas à avoir de faux copains qui vous dénoncent aux flics à la première occasion.

Tous les soirs, il entendait, au-dessus de sa fenêtre, « la folle aux mouettes » réciter ses incantations. Cette voix douce l'apaisait comme une musique, bien qu'il ne comprenne rien à ce qu'elle disait.

Il resta de plus en plus longtemps à l'écouter et descendit de moins en moins vagabonder dans la nuit. Parfois, il s'arrangeait pour croiser Divine, sans oser lui parler. Un jour, il s'enhardit jusqu'à lui porter son panier. Celui qui faisait trembler la rue se retrouvait tout intimidé devant la jeune malade.

Si ce qu'elle récitait sur la terrasse ne lui disait toujours rien, il en comprenait la mélodie. À tous les étages, les discours et les discussions se résumaient à ce qu'on allait manger ou boire, au foot ou aux coiffures, alors que cette voix mystérieuse le fascinait.

Un jour, il se battit dans les escaliers contre deux garçons qui se moquaient de Divine. Le soir même, il ne se contenta plus d'écouter les poèmes depuis sa fenêtre mais monta sur la terrasse où une cheminée lui servit de cachette. La voix de Divine montait dans la nuit, essoufflée et affaiblie mais toujours très pure.

Gaël jalousa le père de Divine, qui écrivait des choses si belles, et un peu la jeune fille qui avait le privilège, seule au monde, de pouvoir les dire. Chaque nuit, maintenant, il montait sur la terrasse pour l'écouter.

Sa brusque sagesse ne passa pas inaperçue dans le quartier. Les enfants bien élevés ne tardèrent pas à l'espionner pour savoir ce qu'il faisait pendant les absences de sa mère. Bien sûr, personne ne trouvait bien qu'il casse des portières ou des cabines téléphoniques, mais aller voir une folle ! Que pouvaient-ils bien faire, tous les deux, chaque nuit, sinon des bêtises honteuses ?

Un comble quand sa mère découvrit, cachés sous la descente de lit, les poèmes de Brénéol ! Elle cria à son fils que lui aussi deviendrait fou. Mais comme elle ne pouvait l'enfermer et qu'au fond elle se moquait de ce qu'il pouvait faire, comme Gaël lui-même ne ressentait aucune honte de ce qu'on racontait sur son compte, il continua à monter tous les soirs chez Divine.

Ils s'asseyaient sur le bord du lit et passaient de longs moments à s'inventer des familles qu'ils n'avaient jamais eues ou qu'ils avaient perdues.

Divine apprenait à Gaël quantité de choses sur la vie, de celles qu'on n'entend jamais à l'école. Elle lui disait que la poésie était la seule chose vraiment sérieuse, car elle fait supporter toutes les peines. Ce qu'on se raconte dans sa tête lui disait-elle, est plus fort que ce que disent les journaux. Et pour se consoler d'un père disparu, rien de tel que de le faire revivre tous les jours.

C'est ainsi que Gaël s'inventa un père qui jouait au foot avec lui, chantait ou discutait.

Et dans ces discussions, il se débrouillait pour que ce père ait toujours raison.

S'il continua, de temps en temps, à voler, c'était pour Divine. Il lui apportait des fruits, des gâteaux, ou autres douceurs qu'elle n'aurait jamais pu se payer. À chaque vol, il inventait une histoire nouvelle : il avait gagné à une loterie, ou il avait lavé des voitures.

Quant à Divine, elle pensait beaucoup moins à sa mort, depuis que tous les soirs, elle attendait la visite d'une vie.

Peu à peu, Gaël apprit à lire devant la nuit les poèmes de Brénéol, en chœur avec Divine. Il les lisait même seul quand elle était trop épuisée par sa fièvre.

Chapitre VII

Leur plus grande peur vint le jour où le concierge monta les avertir que le poète ami de Brénéol s'était éteint paisiblement, en laissant seulement un mois de loyer d'avance. Mais à la fin de ce mois, le concierge dut avoir un grand trou de mémoire, car il oublia de monter réclamer le règlement du loyer. Sa mémoire fut plus défaillante encore les mois suivants. Et Divine put rester dans sa mansarde.

C'est ainsi qu'au bout de l'année, « la folle aux mouettes » après avoir demandé à Gaël de traîner son lit dehors pour voir une dernière fois le ciel, s'éteignit paisiblement sur la terrasse. Elle mourut oubliée par les oiseaux et par les hommes, mais ses deux amis, le concierge et Gaël, lui suffirent pour ne pas se sentir tout à fait abandonnée.

On cloua sur elle le cercueil des pauvres. Personne ne suivit le cortège, sauf ses deux fidèles et deux employés de la ville.

En entrant dans l'église, les deux gaillards se débarrassèrent de la bière en la posant sur les tréteaux. Ils s'apprêtaient à aller boire un pot en attendant la fin de la cérémonie, quand l'un d'eux tira la manche de l'autre et lui montra le christ au-dessus de l'autel. Plus de colombe du Saint-Esprit sur la tête de la statue mais un grand oiseau de mer, blanc comme un nuage de beau temps. De temps en temps, il se penchait pour regarder l'assemblée. Puis il se remettait à lisser du bec les plumes de son aile.

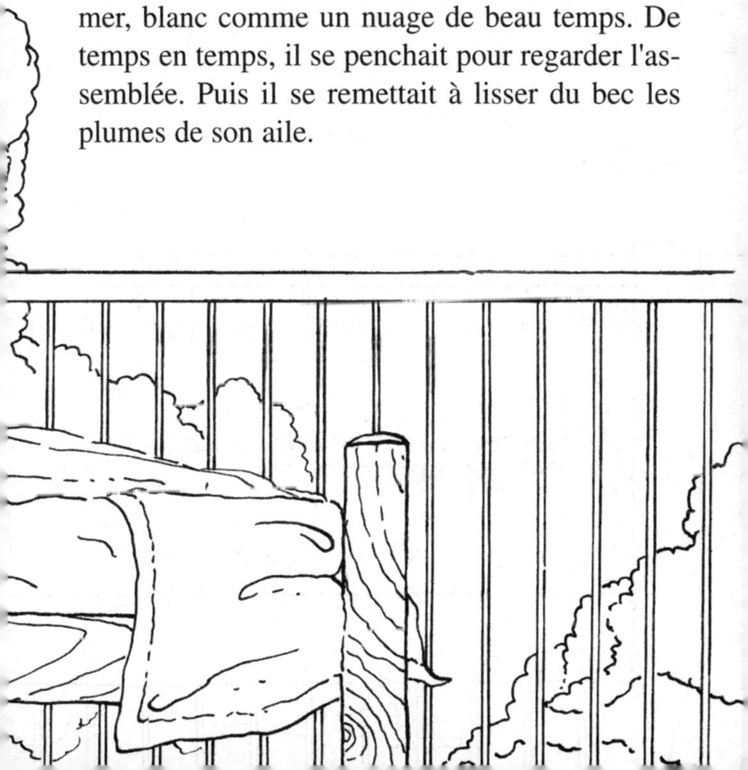

Quand le jeune curé aperçut l'oiseau, ses prières se précipitèrent. Jamais il n'avait si vite bâclé une messe. Il gardait le souvenir de l'assaut de mouettes sauvages qui avaient terrorisé tout un immeuble, l'année avant. Dès qu'il levait ciboire ou hostie, le regard jaune de la mouette le transperçait.

Que dire alors de l'entrée au cimetière ! La porte avait à peine fini de grincer que les croque-morts reculèrent en proie à la panique. Les tombes et les murs étaient couverts de grands oiseaux blancs qui attendaient, immobiles et silencieux. De temps en temps, d'un froissement d'aile, l'un d'eux se rapprochait du trou qui attendait Divine.

Après un instant d'hésitation, Gaël murmura :

- Ils sont venus.

- C'est naturel, souffla le concierge.

Les croque-morts leur jetèrent un coup d'œil mauvais.

Il leur fallut bien passer, tremblant de peur, entre les rangs serrés des mouettes, mais la cérémonie fut des plus brèves.

Gaël pleurait encore au bord de la tombe, longtemps après que tous soient partis.

Il sortit de sa poche une poignée de feuillets

froissés à force d'avoir servi, et se mit à lire à voix basse, puis plus fort, les poèmes de Brénéol devant la fosse et la belle et blanche assistance des oiseaux.

Il repliait enfin ses papiers quand, soudain, il entendit au-dessus de lui un bruit d'aile et un grand oiseau blanc vint se poser sur son épaule.

SOMMAIRE

Mob et Maud

La folle aux mouettes

Niveau 1

Bêtes à rire
S. Boëche, R. Delpeuch et Ch. Louis

Histoires de Dragons
Régis Delpeuch

Histoires de Sorcières
Marcel Pineau

Chiffon
ou Les peurs d'un petit chien
Vonny Dufossé

Niveau 2

Le Mystère de la Rose Bleue
Pierre Debor

Samani l'Indien solitaire
Michel Piquemal

Meurtre au Palais Royal
Marcel Pineau

Le Nombre d'Or
ou Le Secret des Volutes
Marcel Pineau

Rififi au Collège
Régis Delpeuch

Plume de bison
et les foies jaunes
Philippe Leroyer

Les Jouets du Clown Modur
Pierre Rouanne

L'Île aux Consignes
Pierre Rouanne

Danse avec la Mer
Yves Heurté

Rififi à Sarlat
Régis Delpeuch (à paraître)

Niveau 3

Petite Anthologie
du Policier
Sylvie Allemand

Petite Anthologie
du Fantastique
Michel Piquemal & Joëlle Wintrebert

Petite Anthologie
de la Mythologie
Michel Piquemal & Dominique Garcia

À moi le monde
Jean-Pierre Lesgourgues

Achevé d'imprimer
sur les presses de l'imprimerie
France Quercy
46001 Cahors

Dépôt légal : janvier 1997
N° d'impression : 41788 FF